Sunshine Castle

阳光城堡

何　静　著

SPM 南方传媒
广东人民出版社
·广州·

图书在版编目（CIP）数据

阳光城堡 / 何静著. -- 广州 : 广东人民出版社，
2025.1. -- ISBN 978-7-218-18046-5

Ⅰ. I247.5

中国国家版本馆 CIP 数据核字第 2024N07Q33 号

YANGGUANG CHENGBAO

阳 光 城 堡

何 静 著

出 版 人： 肖风华

策划编辑： 赵世平
责任编辑： 赵瑞艳
责任技编： 吴彦斌

出版发行： 广东人民出版社
地　　址： 广州市越秀区大沙头四马路 10 号（邮政编码：510199）
电　　话：（020）85716809（总编室）
传　　真：（020）83289585
网　　址： http://www. gdpph. com
印　　刷： 广东信源文化科技有限公司
开　　本： 890mm × 1240mm　1/32
印　　张： 7.5　**插　　页：** 12　**字　　数：** 140 千
版　　次： 2025 年 1 月第 1 版
印　　次： 2025 年 1 月第 1 次印刷
定　　价： 68.00 元

如发现印装质量问题，影响阅读，请与出版社（020－87712513）**联系调换。**
售书热线：（020）87717307

序言

幸运的人，一生都被童年治愈；不幸的人，一生都在治愈童年。

——阿德勒

在我18年的心理咨询从业生涯中，我接触到了形形色色的来访者，他们几乎都无法摆脱这个心理模式的束缚。直到看到《阳光城堡》这部书稿，我才惊奇地发现，居然还有人用写小说来治愈心灵的创伤，这种独特的方式令我深受触动。

世界如此之大，每个人都有自己的故事，每一个故事都值得被倾听。你，愿意成为这本书的聆听者，静心去聆听一个青葱岁月的故事吗？也许，你会在书中找到自己青春的影子；也许，你会发现自己就是故事中的主角；也许，你会觉得故事中的幸福或愁苦似曾相识……

我与作者的相识，缘于一次偶然的课程。在闲聊中，她向我讲述了她少女时代的故事，那些曾经的挣扎与痛苦，如今在她口中却显得如此平静而坚定。

她曾经患有重度抑郁症，被母亲评价为“一无是处”。在那段艰难的日子里，日记本成了她唯一的倾诉对象。令人难以置信的是，这部青春小说竟是她在那七天时间里废寝忘食地奋笔疾书，一气呵成的作品。虽然书名叫作《阳光城堡》，但在她心中，那却是一个被戏称为“灰色城堡”的世界。这其中的反差，让我深感震撼。

我认为，她的故事值得每一位家长深思。这也是她出版这本书的初心所在。她勇敢地将自己少女时期失落的经历，以及丰富的内心世界展现在我们面前，这需要多大的勇气啊！这一点令我深为敬佩。

懂得比爱更重要。爱你的人不一定懂你，而懂你的人一定知道如何爱你。她曾渴望有一个懂得如何爱她的家庭，却被母亲过度的爱刺得遍体鳞伤。在高中阶段，她的学习与生活充满了压力与挑战。因为家庭环境的变故，她的心理受到了重创。家里从人人羡慕不已的“模范家庭”，变成了充满麻将声的混乱环境，她的成绩一落千丈。随之而来的失眠、焦虑、抑郁，如同魔咒一般束缚着她的心灵。在面临高考压力的时候，她身心疲惫却无人理解，只好在夜深人静的时候，用文字倾诉内心的痛苦。

时隔多年，我回望她成长的路径，再对比当下的学生的求学之路，发现两者仍有相似之处。即使有了“双减”政策和家庭教育立法，依然无法改变一些家长过度焦虑的现状。加上中考提前分流和高考制度的调整，孩子们面临着更大的压力。而在这个过程中，一些孩子选择与家长“斗智斗勇”，甚至以生病为由逃避学业。

在心理咨询工作中，我发现很多孩子的心理问题都与学业压力、睡眠不足和运动量不足有关。心理问题不仅影响着他们的身心健康，也会使他们对未来感到迷茫和无助。因此，我真心希望每一位读到这本书的家长能够从中受到启发，学会关注孩子的心理健康。

幸运的是，作者在困境中选择了写作作为抒发情感的方式。她将悲愤化为力量，用笔尖写就梦想。在漫漫长夜里，她用文字去寻找那一丝希望的微光。正是因为她在这本书中写出了“被揉碎了的自己”，才让她在那段黑暗的日子里找到了“自我救赎”的出路，并最终成就了今天美好的自己。

青春是每个人生命中必经的一段旅程，虽然有些回忆可能是痛苦的，但也有许多的甜蜜与温存。那些曾经苦涩而无望的岁月，是孕育出如今美好的养分；那些无人知晓的故事，蕴含着极强的生命力。她曾经渴望爱，渴望亲情、爱情和友情，却仿佛身处一个孤独的城堡。然而，她并没有放弃寻找属于自己的阳光城堡。在这个过程中，她忍受着痛苦，用文字刺破黑暗，写下了感人至深的故事。

现在，让我们跟随这位勇敢的少女，一起走进她的世界。在她的故事里，我们或许能找到自己的影子，也能找到那份无尽的勇气和力量。

如今回想起来，与其说是我帮助她策划出版并写下这篇序言，不如说是她的故事唤醒了我对青春的回忆，给予了我强大的力量和深刻的启示。我深信，这本曾压在箱底沉睡了二十五年的书稿，依然可以在未来的日子里陪伴更多同学和家长走出迷茫。正如积极心理学所倡导的，我们关注美好，才会看见生命的美好。

何静，感谢你给我带来的对校园青春、对美好情感的启示！愿我们都能像你一样，勇敢追寻属于自己的美好生活和阳光城堡。

2024年4月25日 冯映云

自序

读者朋友，感谢您来到我的世界，跟我一同走进这座“阳光城堡”。这本《阳光城堡》是我16岁读高二时写的，当时我写了两本小说和14本日记。由于严重的抑郁症，我无法入睡和学习，每天只能靠写作的方式艰难地活下来。

其实这本小说我一开始想起名叫《城堡》，因为我的世界是黑暗的、无光的、冰冷的，但是为什么在《城堡》前又加上了“阳光”呢？我想我写的是我梦想中的、幻想里的美好的浪漫的高中生活，是我希望得到和拥有的。

我从13岁初一开始便患有轻度抑郁，到高中发展成重度抑郁，这几十年来我一直在回想，为什么小时候无忧无虑的我，性格开朗活泼的我，会突然间得抑郁症？

通过不断地学习探索，我知道我生长在一个单亲家庭，由于我从小父亲的缺位、13岁时他的突然离世、母亲的强势控制和学习压力过大，导致在初中高中学习压力最大的阶段，我越来越无法融入人群中，我成了一个特立独行孤僻的“怪人”……

我渴望亲情、友情和爱情，亲人、同学和我喜欢的人都在我的面前，却都犹如相隔千里，他们仿佛听不见我说话，看不到我，我想抓住他们，好像也抓不住。我们同时待在同一个空间，我却像一个隐形人一样的存在，好孤独，好孤独……

我想过无数种离开这个世界的方式，我想就这样一了百了地解脱，我让母亲花了60元帮我拍了离开这个世界前最后一组照片，想给母亲留个纪念；我也写了三十几封“遗书”给母亲，想要她发现我离开时知道我为什么而离开；我还让母亲花了400元帮我打印了这本小说，想要这本小说证明我曾经来过这个世界……

我努力地熬啊熬，每天表演着微笑，表演着我还是一个正常人，白天我是一个人，晚上我又是另外一个人，这样分裂地活着，我看着镜子，想看清楚我到底是谁？我到底在干什么？我为什么活着？我为什么要苟延残喘地活着？我为什么来到这个世界上？老天爷为什么要派我来到这样的家庭？为什么要让我过这样的生活……

我问天，问人，没有人给我答案。我告诉自己，我要活下去，我要去寻找答案，寻找我活着的意义……

我就这样熬啊熬，熬到了高中毕业，我终于可以离开那个给我无限痛苦的生我养我的城市。我去到了一个新的城市新的环境，那里的人很有仁爱之心，对我很关心照顾，让我感受到了一丝温暖，让我看到了一丝阳光，我的抑郁症在爱的滋养下慢慢地有所好转。

大学期间，我的母亲也终于带我去医院看病，确诊为极重度抑郁症。医生给我开了半年的药，五颜六色的，早中晚三顿都要吃不一样颜色的药片，半年之后我可以感觉到自己好像活在地面上了，可以感受到太阳的温度了……

大学毕业后，我来到了广州。广州是我的福地，在广州我找到了家一样的感觉，在这里我也找到了一个无限包容我的先生。本来我以为会一辈子孤独，不结婚不生孩子。我没有经营婚姻的能力，也没有从原生家庭里获得爱的滋养，更没有培养教育孩子的能力。可是突然间有个男孩说要跟我结婚，我焦虑了一年，恐惧了一年。我的先生用他从原生家庭里获得的满满的爱来拯救我，成为我倾诉负面情绪的聆听者。我终于找到了一个可以听懂我说话，愿意听我说话的人，十年了，我终于不孤独了……

在爱的滋养下，我慢慢地成为了一个正常人，可以正常地工作，正常地生活，我走出了黑暗，走出了冰冷，走出了阴影……

26岁的我结婚了，我终于跟极重度抑郁症告别了，开始了新的生活。

这本小说就像我的孩子一样，是在我最艰难最痛苦的岁月里创作出来的，是留给80年代的我们的青春回忆。而到了21世纪20年代，我发现现在出现了一批又一批像曾经的我一样的小孩。从小学到初中到高中，是抑郁症的高发时期，而家长们忙于工作，不懂孩子们的内心世界，导致一个个悲剧的发生。

今年我已经41岁了，非常感谢冯映云老师愿意帮我完成梦想，帮我修改并促成出版这本20多年前创作的小说。希望有更多的孩子家长可以通过阅读这本小说，去理解孩子们的世界到底是怎样的。我也非常愿意通过我的亲身经历成为家长们的一面镜子，去看到自己在孩子教育上还有哪些欠缺，还有哪些可以提升的地方。

《2023年国民抑郁症蓝皮书》报告显示，目前我国患抑郁症人数达9500万人，18岁以下抑郁症患者占总人数的30.28%，超2800万人。相当于14个人里有1个人抑郁，18岁以下的未成年群体情况更严重，将近1/3的人患有抑郁症。

每次看到新闻里又有孩子做了傻事，又听身边的家长说孩子厌学逃学了，又听孩子们说又有同学抑郁了，我都无比的心痛。我想我的故事应该可以帮助到一部分孩子吧。作为一个10年重度抑郁的我还活着，我希望我的故事可以给到正处在抑郁症时期的孩子和孩子的家长们一丝希望。

非常感谢冯老师为这本小说写序，冯老师的文笔优美，这篇序给这本小说镶上了金边，我百读不厌，感触至深。这本小说完成后，看过的人极少，我的母亲、先生都没有阅读过，而冯老师百忙之中抽时间认真地读完这本小说，这对于我来说是莫大的认可和支持！再次感谢冯老师。

人物关系表

人物名	性格特点
张瑞琪	女主角，宣传委员。多才多艺，相貌美丽，爱好广泛，擅长弹琴、写作、打球、唱歌等，梦想成为一名歌手或导演，暗恋班长郑炜。
林雪倩	文艺委员。大大的眼睛，性格活泼开朗。
陈阿妹	农村女孩，家境贫寒，单亲，勤奋学习，性格内向孤僻，有抑郁症。
陈阿强	陈阿妹的哥哥，品学兼优，心地善良，父亲去世后退学。
吴　萌	学霸，擅长主持、演讲。
郑　炜	班长，长相帅气，体育好，书法好，学习好，暗恋瑞琪。
黎　斌	家境很好，母亲是个“女强人”——一家公司的董事长兼总经理，他是家里的“大少爷”，暗恋瑞琪，擅长画画和诗词创作，才子。
刘　轩	武侠迷，班里的气氛搞笑担当，暗恋吴萌，农村男孩。
刘欣宇	年纪最小的转校生，长相帅气。
牛星雨	高三年级文科班的学生，暗恋陈阿妹。
余　菲	高一学生，相貌美丽，喜欢郑炜。
钟老师	班主任，语文老师。
张老师	政治老师。
韩老师	英语老师。
胡主任	年级主任，负责监督巡查，绰号“幽灵”。

目录

第一章

第二章

第三章

第四章

第五章

第六章

第七章

第八章

第九章

第十章

第十一章

第一章

教师节的礼物

1999年9月10日，20世纪最后一个教师节。一开学，高二文科班的同学们就盼着这一天的到来，哪知昨天班主任钟老师却带来了一个惊人的消息。

“同学们，大学都知道明天是教师节，但学校规定一切照常，大家不用指望什么了，都认真学习吧！”

钟老师甩下一句话就走了，可同学们却听得目瞪口呆，像是听了什么奇闻。

“我没听错吧，居然连教师节都不放假。读了这么多年书，第一次听说！”“笑星”刘轩大失往日的轻松劲儿，本来不大的眼睛开始直翻白眼。

平日嘻嘻哈哈的林雪倩，也因为去不成武汉，一脸愁容。

也许是多年来，可以在教师节休息的惯例已在同学们心中根深蒂固了。尽管是上学，但大家都不管那么多，依然过得很轻松。

恰好今天的晚自习是政治，教政治的张老师是一位二十多岁的年轻老师。同学们都把他当作自己的哥哥看待，根本不怕他。

于是，晚自习一开始，教室里同学们纷纷拿出了自己的“最爱”。

林雪倩租了本《灌篮高手》，边看边乐，那兴奋劲儿是在学习时从没见过的。

刘轩是个“武侠迷”，无论是金庸的，还是古龙的，只要是武侠小说，他抱起来就能读，而且是有滋有味。这不，《神雕侠侣》刚看完，又啃起了《笑傲江湖》，似乎已经把自己幻化成了江湖英雄令狐冲了，整天武刀弄棒，还有那么多美丽的红颜知己围绕着他。也许书中生活就是他梦寐以求的生活，然而刘轩一对单凤三角眼、一头五颜六色的卷毛，似乎与传统的英雄形象相距甚远。

张瑞琪是个多才多艺的女孩，长得美丽娇柔，写得一手苍劲有力的钢笔字，连许多男生都佩服。她爱好广泛，弹琴、写作、打球、唱歌……简直是无所不能。她曾想过要成为一名出色的音乐家或者歌手，出许多专辑；还想成为一名书法家，闻名国内外；还想过成为一名运动员，为祖国夺取金牌……而现在她又有了新爱——科幻。她爱看《科幻世界》，爱写科幻小说，爱看科幻电影。她从小就爱想入非非，满脑子都是奇特的想法。也许现在，她才真正找到了奋斗的方向——导演。只有这样，她才能充分发挥自己各方面的才华，并把自己奇特的想法拍成电影展示给世人。这不，瑞琪正边哼着徐怀钰的《天使》，边看着《科幻世界》，是不是也在做“白日梦”呢？这就不得而知了。

黎斌是个爱美的男孩，同学们都在看书，只有他悠闲地对着镜子摆弄自己的小分头。

吴萌身为副班长，有着较高的组织和管理能力。几乎每次班里出现纪律问题，都是她出面管理。然而，今天她也管不了那么多了。天这么热，外面工地上的机器又轰隆隆地吵个不停，她早抱着吴小莉的《足音》一旁看去了。

吴萌从小就想成为一名出色的记者，自从认识吴小莉，了解了她出众的才华后，她便以吴小莉为榜样，时刻不忘为自己的理想而奋斗。当然，吴萌也具备这样的条件——多次在演讲比赛、辩论赛中获奖，一口流利动听的英语更是无人能比，她现在是校广播室的一名优秀播音员。

郑炜身为班长兼学生会主席，成绩一直名列前茅。也许是因为学校工作太多，他一直很少管班级的工作。也是因为这样，他经常在学校大型活动中抛头露面，小有名气。

郑炜身材高挑，一头很有个性的短发，一双深邃的眼睛更是倾倒了无数女孩。他爱好篮球和足球，球场上那一个个潇洒的姿势，令女孩们纷纷侧目。然而，他最大的梦想不是成为“白马王子”或是“灌篮高手”，而是成为“比尔·盖茨第二”。他知道，要实现这个梦想需要付出太多，而且现实与梦想的距离又是那么遥远，所以他更加刻苦地同时钻研着学校课程和电脑。趁着这如此来之不易的时间，他抓紧研究着《电脑爱好者》。

陈阿妹，一个地地道道的农村妹子，她没有特别的爱好，只知道要努力学习考上大学，回报辛劳的母亲。阿妹的父亲早在她上初一时因一场车祸永远地离开了她，自那以后一家人的生活就没了经济来源，而那时，阿妹的哥哥阿强正读着初三，即将面临人生的第一次重要考试。

阿强从小就担任班长，品学兼优，心地善良。他的理想就是考取中国人民大学，成为一位国家干部，让苦了半辈子的父母过上舒服的日子。然而，听到父亲逝世的消息，他的梦想破灭了。为了让阿妹能安心上学，减轻母亲的负担，他毅然决定退学。阿妹没有辜负母亲和哥哥的期望，一年前她以优异的成绩考上了省重点高中。然而，入学的费用却是一个大问题。母亲和哥哥找遍了邻里亲属，磨破了嘴皮才借来宝贵的几千元把她送进了梦寐以求的学府。值得庆幸的是，阿妹的成绩一直很不错，有望完成哥哥的心愿。现在，她也正为之刻苦地学习着，一本政治书足以让她与世隔绝。

每个人都专注手中读物，今天的夜晚似乎出奇的静。

就在这时，不知从哪儿传来了一张纸条，上面画着一个男孩正坐在马桶上“工作”。那全身绷紧的肌肉，额上冒着巨大的汗珠，涨红着脸颊，紧握着拳头，使劲踮着的脚尖，足可以看出其“工作”的艰辛和痛苦。

雪倩注意到右上角署着“刘轩”的名字，并由一个箭头指向这个坐马桶的小男孩，不由得哈哈大笑起来，一下子打破了宁静的氛围。

她看完纸条后，便将它传给其他的同学，每一个看过的同学，脸上都挂着说不出的笑容。

纸条一传十，十传百，传到了正在做“白日梦”的刘轩手里。他的神情一下子变得严肃起来。用力地把纸揉成一团，紧皱着眉头低声吼道：“这是谁画的？给我站出来！”

“刘轩，你这样的表情，看起来更像了！”雪倩开玩笑地说。

于是，几乎所有的目光（除了阿妹不屑一顾之外）都投到刘轩身上，笑容一个比一个灿烂。刘轩气得脸发紫，恨不能把这个画画的同学暴打一顿。

突然有人喊：“teacher来了，teacher来了！”顿时，教室里一片混乱，噼里啪啦往抽屉里塞书的声音一阵接着一阵，可谓声势浩大。骚动过后，教室里便鸦雀无声了，只看得见一个个“埋头苦读”的身影，但依然有人偷偷抬起头来向门外看，那眼神跟做贼没两样。

门“吱”一声开了，进来一个满脸通红的人。“近视一族”们索性问：“这是谁呀？竟敢擅闯教室！”有的还特地戴上了近视眼镜，这不看不打紧，一看可真的吓了一大跳，忙又取下眼镜故作“姿态”。

只听坐在门边的人小声说：“张老师喝酒了！”于是女孩们条件反射似的紧捂住鼻子，边喊：“好臭，真难闻！”尽管酒味似乎并未想象中浓。

张老师绕着教室走了一圈。所到之处，同学们不是挤眉弄眼，就是帮助老师“驱散酒味”，生怕一丝浊气侵噬自己纯净的身心。

一圈的“游行示威”终于结束了，张老师微笑着走上讲台：“对不起，我迟到了，请大家原谅！”

“Not at all！Not at all！”刘轩变得可真快，几秒钟之前发生的事情一眨眼便化为云烟抛之脑后了。

“好，上课！”张老师打起精神，响亮地喊道。

“起立！”

“祝张老师节日快乐！”同学们不约而同喊道。

“坐下！”

“谢谢！”张老师因为收到了出人意料的礼物而显得万分惊喜，脸上的红色慢慢消褪，发自内心的笑容溢于脸上。

“瞧，老师笑起来真帅，像刘德华！”雪倩乐滋滋地说。

“你就知道刘德华，现在可好了，你每天都能见着了！”同桌的女孩说笑道。

于是，张老师拿起粉笔就开始讲课。不知是年轻记忆力好，还是张老师爱摆酷，他每次上课都不带课本，然而他的课讲得特好，有滋有味、引人入胜，同学们都爱听，都喜欢上了这个风趣幽默的大哥哥。

可是正当张老师写完了辨析题要开始讲时，日光灯闪了两下灭了。尽管同学们喜爱听张老师讲课，可是没有什么比停电放假更令人期待的了。同学们开心得又蹦又叫，掌声、笑声、桌椅的碰撞声顿时汇成一曲雄浑有力的交响乐。黑暗中张老师的“独角戏”也渐渐被淹没了。

大约持续了一分钟，所有“庆祝佳节的节目”表演过后，日光灯闪了几下又亮了。于是，“交响乐”没了，取而代之的是一声声叹息。就在这长长叹息的尾声，日光灯闪了几下又灭了。同学们不敢再为之庆贺了，只是在心中默默祈祷：“拜托了，千万别再亮了，千万别再亮了！”

“民意不可违”。就在众学生默默祷告几分钟之后，灯再也没亮了。教室顿时又乱成了一锅粥，因为大家知道马上就要拥抱十一假期了。

“知道吗？电影院正在放《鹿鼎记》，可好看了！”黑暗中有人说。

“我还准备看《宝莲灯》，是不是马上就可以如愿以偿了？”在这伸手不见五指的环境下，同学们依然讲得很带劲。

“别吵了，这么热的天！”只听一个粗厚的声音这样喊，“郑炜，你去买一些蜡烛来！”大家这才听出是班主任钟老师的声音。

“什么？还准备上‘烛光晚自习’吗？”刘轩的话音还没落，教室早已鸦雀无声。也许这就是钟老师带来的独特效果吧！

郑炜拿了班费下楼去了。同学们都欲哭无泪。就在这时，只听那粗厚的声音和另一个声音嘀咕了一会儿后，便传来一个令人振奋的消息：

“同学们，学校由于施工，变压器超负荷运转把保险丝烧断了，估计一时半会儿修不好，大家就提前回家吧！”

话音还没落，同学们便开始尖叫、欢呼，背起书包就往楼下冲去。可怜班长还在路上跑腿呢！

对面的女孩看过来

张瑞琪最喜欢回家了，她觉得只有在家里，才是她自由的天地。不像在学校里，看书还要偷偷摸摸，而且教室里也经常吵吵嚷嚷，根本无法平静心情构思。这不，刚刚看完九月份的《科幻世界》，她正准备写一篇科幻小说——《蓝色星球》。

瑞琪爸爸工作还没回来，妈妈正为女儿切冰西瓜，冲热牛奶。瑞琪则把自己关进“爱的小屋”（卧室）里，边欣赏着优美的音乐，边激发着自己的灵感。

瑞琪妈妈悄悄地把西瓜和牛奶放在瑞琪身旁的书桌上，看着女儿正在认真地思索，她没有出声，只是欣慰地笑了笑便又轻轻关上了门。

也许是三十几度的高温加上牛奶的热气，使得“爱的小屋”充满了温馨。瑞琪热得有点儿呼吸不畅了，便起身拉开了蓝色窗帘，窗外的世界让她顿生灵感，于是奋笔疾书，忘记了周围的一切。

当同学们三三两两回家时，郑炜却正汗流浃背地拿着一捆蜡烛奔跑着。刚跑到楼上，便听见有人说："太好了，终于可以回家了！"他知道"大事不妙"，便又拿着那捆蜡烛跑下楼去。可是心中却生起一种怪怪的感觉。

也许是因为老师"出尔反尔"，害他白忙一趟，也许是因为同学们"见利忘义"，居然没一个哥们儿等他。现在，郑炜只好一个人走在回家的路上。闷闷不乐地到了家，他一句话也没说便把自己关进了房间里。

郑炜妈妈最疼儿子，时时处处呵护着他，生怕他受到一点儿伤害。小时候，母亲是郑炜的依靠，他一刻也不愿离开她。然而，随着年龄的增长，思想的不断独立，他不再像小时候那样整天围着母亲转了。他有自己的想法，有自己的朋友，他不再像以前那样依赖母亲，甚至开始厌烦母亲的唠叨。

"炜炜，你怎么了？谁欺负你了？跟妈说，妈到学校找领导去！"每到这时候，郑母只有这一句台词。

"妈，你别吵了。我又不是小孩子了，我自己的事自己能解决。你不要老来这一套，好吗？"郑炜有点儿不耐烦。

也许郑炜妈妈已经意识到儿子已不再是从前那个乖巧可爱而又活泼的小朋友了。他渐渐地长大，渐渐地封闭自己，拉远了和父母的距离。郑炜妈妈的心里有些不平衡，泪水在眼眶里转了几圈还是顺着脸颊流了下来。

“你别在这儿搅和了，好不好？让他一个人静静，都这么大的人了，你还像小时候一样宠着他，怎么行呢？”郑炜爸爸说完，递了块湿毛巾给她。

郑父和郑母没有读过大学，因此他们把所有的希望都寄托在了儿子身上，对他百依百顺。长这么大，郑炜还没有洗过衣服、做过饭。

现在，他们正在外面聊着，而郑炜则把CD机的音量调到了最大，他不想听到其他的声音。

“对面的女孩看过来，看过来，看过来……”听着任贤齐轻快的歌声，他觉得心情好多了，索性走到阳台上去吹风。

今晚的夜色很美，无数颗星星在墨蓝的夜空中眨着眼睛，迎面吹来的凉风沁人心脾。他禁不住做了一个深呼吸，抬头望着夜空。随之，他觉得整个心胸都变得开阔起来。他幻想着有一天能载着自己心爱的女孩在宇宙纵情遨游，想着想着，他忍不住笑出声来。

就在这时，他隐隐约约听到了一首熟悉的歌，想了半天才发现不是女孩们爱唱的《如果我是男生》，而是男孩们爱唱的《我是女生》。

他寻声望去，只见在一个明亮的窗户里，一个女孩身着白裙，一头瀑布般的黑发直落腰间，和白裙形成鲜明的对比。郑炜似乎有了一种心动的感觉，心突然跳得很快。

他痴痴地看着女孩，脸上的笑容更加灿烂了。但他的脑中马上又闪过一个念头："好面熟啊！是不是在哪儿见过？"他呆呆地看着，从衣着到发型再到五官……

噢，想起来了，是她！郑炜突然想起刚从理科班转过来的新同学——张瑞琪。他顿时激动得又蹦又跳，脸上的笑容绽放成了一朵盛开的鲜花，那兴奋劲儿别提了。瑞琪这头发真漂亮，这眼睛真大，真亮……郑炜看着、想着，只觉得心中一阵接一阵的热浪涌过，刚被凉风蒸发掉的汗珠又一颗颗冒出来，落到地上。

也许是着了迷，他不自觉地跟着任贤齐哼了起来："对面的女孩看过来，看过来，看过来，这里的表演很精彩，你不要假装不理不睬……"那快乐的神情，就像小孩一样可爱。

爱之初体验

一连几天，郑炜都魂不守舍的。他知道张瑞琪是班上的宣传委员。有缘的是，瑞琪和郑炜都写得一手好字，而且歌声在各自性别范围内都是顶呱呱的。郑炜还查到了瑞琪的生日——1983年6月1日，差不多比自己小一岁。

郑炜感觉到自己变了，上课听讲没以前专心了，总爱偷偷往窗户边上望，因为那里坐着一直埋头苦读的瑞琪。而且，班级工作他也管得更多了——教室里纪律差，他“一声怒吼”；全班大扫除，他积极安排，因为这样，他就有机会照顾一下瑞琪……然而，他更喜欢的是每晚总结工作到讲台上去炫耀一番，引起瑞琪的注意。

郑炜也越来越明显地感觉到，自己爱上了回家。不是因为想念母亲的温暖、父亲的关怀，而是为了欣赏那道美丽的风景——每每站在阳台上观望，他总会想起银河两边的牛郎和织女，他们一年才能见一次面，而郑炜一年大部分时间都能见到瑞琪。尽管不是“两情相悦”，也不能近距离地交谈，然而，郑炜已觉得很满足了。用他自己的话说，“这样更有美感，更加浪漫！”

教师节刚过，一晃就要到国庆节了。这可是20世纪的最后一次国庆节。进入高三后，除了运动会什么活动都得取消。当高一、高二年级都在尽情享受国庆晚会的欢愉时，高三年级还得忍受“馋”的痛苦，硬着头皮啃书本。每每想到此，同学们只希望高三慢慢地到来，让大家畅快地享受假期。

今天是星期天，学校规定的“自习日”。这个日子，郑炜期盼了好长时间。因为今天得出板报，他就可以和瑞琪在一起待上一整天了。

早餐过后，瑞琪便请来郑炜和“情诗王子＋小画仙”黎斌一起帮忙。说真的，瑞琪特佩服这位“文武双全”的郑炜。她早就知道他的成绩在全年级不是第一，就是第二；字写得漂亮，歌唱得好，球打得棒。最令她钦佩的是——郑炜对电脑也很有研究，这可是瑞琪可望而不可及的。

“喂，你的字写得真好！”瑞琪仰起头望着站在凳子上写刊头的郑炜，她发现这个人的字比自己好。

“是吗？”郑炜停下笔，低下头去。那很不自然的表情，让人一眼就能看出他很紧张。

瑞琪看着郑炜深邃的目光、微微涨红的脸颊、爬满汗珠的脸，心中有了一种莫名的悸动，她脑中闪过一幅动人的画面：《泰坦尼克号》中，当轮船撞到冰山，船身正倾向海底时，杰克站在船边依恋地望着缓缓下落的救生艇上的露丝……

“张瑞琪，那天晚上你看了那幅漫画了吗？”黎斌的突然开口，把瑞琪吓了一跳。

“啊！你说什么？”瑞琪刚才似乎做了个美梦，几乎忘了周围的一切。

“你工作好认真，我问你见过教师节晚上的那幅漫画了没？”黎斌又重复了一遍。

“漫画？怎么了？难道是你画的？”瑞琪有些惊讶，但转念又说：“是啊，我早该猜到了——只有你才画得出如此‘身临其境’的漫画！”瑞琪忍不住笑起来。

“黎斌，你那幅漫画真的挺不错，无论从画功、色彩，还是神态，都看得出是‘大师级’的作品。”郑炜也幽默地插了一句。

“谢谢夸奖！”黎斌用一种俏皮的声调回答着，把瑞琪又逗乐了。

“你笑的时候真漂亮！”黎斌不经意地望了瑞琪一眼。

这突如其来的话语，把瑞琪吓了一跳，她不敢再看他，只管设计着版面。

曾经也有许多人这样称赞过她，而后来这些人都向她表明了心意。那时候，瑞琪的成绩出众，因此从没把这些男孩放在眼里。可今天她的感觉却不像从前那样轻松了——也许是有第三个人在场的缘故吧。而且，那个人正是自己喜欢的人。

我是中国人

林雪倩是瑞琪的新同桌，她是班里个子最高的女生，然而却是班里年龄最小的女生。她有着一双明亮而有神的大眼睛。

雪倩天真活泼、热情开朗，班里因为有了她而显得特别热闹。如果从教室门前经过，总能听到一阵接一阵的笑声——是她给大家带来了欢乐。

雪倩是个大嗓门，然而她的音色特别美，清脆而嘹亮。她会唱的歌很多，范晓萱的、徐怀钰的……基本上都是一些可爱型的歌曲。她还有一个特点——不会唱“我爱你、你爱我”式的抒情歌，这些歌到她嘴里往往变成了轻快活泼的儿歌，同学们听着听着便忍不住笑出声来。

雪倩很爱帮助人，每次同学的钢笔墨水写完了，她总是主动借给同学一支；透明胶布丢了，她也会送同学一卷。前几天，瑞琪由于天气炎热、呼吸道受到病毒感染而感冒，一会儿咳嗽，一会儿打喷嚏，一会儿流鼻涕……几乎所有感冒的症状都聚集在身上。雪倩看着心疼，忙借来一件校服给瑞琪披上，又帮瑞琪换了一个离电扇较远的位置。然而，“功夫负了有心人”，瑞琪的病情不但没有好转，反而开始发烧。雪倩见状，急得忙给班主任请了假，骑着单车送瑞琪去医院。那天晚上，瑞琪迷迷糊糊的，只记得在那儿打了一个多钟头的吊针。雪倩还帮瑞琪开了几副药，又匆匆忙忙地送瑞琪回家。经历了那件事以后，她们便成了形影不离的好朋友。

雪倩的家境很好，父母都在好的工作单位上班，时常看到有轿车来接她，而她却总爱悠闲地骑着单车游逛，一点儿“大小姐”的架子也没有，人开朗又大方。瑞琪很喜欢和雪倩在一起，有家的温暖，也有姐妹的快乐。

雪倩有一头梁咏琪式的“短发”，把各大佳人的优点集于一身，她的美丽在全校都是有名的。许多男孩慕名而来，都被她拒绝了。她说：“全校没有一个男孩我看得上，我只爱刘德华一个人！”

唯一令她头痛的是，由于爱吃巧克力，她变得越来越胖。她总说要为刘德华而减肥，却又总是禁不住诱惑。于是，她让瑞琪做她的监督人。

晚上，全校一、二年级各班举办了国庆晚会。瑞琪所在的班是文科班，文艺人才比比皆是。这让瑞琪有些胆怯，但为了争取机会展现自己的才华，她还是鼓起勇气唱了一首范晓萱的《雪人》。反响还不错，同学们都说和原版没两样，瑞琪开心极了。

雪倩和郑炜以前是一个班的，关系很好，雪倩还认了郑炜作哥哥。高一时，他们就一起合作主持过国庆晚会，这一次班主任又安排他俩再次搭档。一个是班长，一个是文艺委员，都是人才啊！

雪倩说她有两个愿望，第一个就是成为一名明星，“红透半边天”；第二个就是成为一名优秀的娱乐节目主持人。因为有她在，这次的晚会办得很成功。一个节目穿插一个游戏，同学们既欣赏了优美的歌舞，又玩得很开心，而这些全都是从电视节目“快乐大本营”学来的。

那晚，郑炜也唱了一首张信哲的新歌——《爱就一个字》。那声音婉转动情，让同学们都深深地陶醉了。瑞琪多么希望有一天他能为她一个人演唱。

国庆节如约而至。幸运的是，学校放两天假。一大早，瑞琪便打开电视，等待阅兵式的到来。

时钟敲响了整整十下，令人激动的时刻终于到了。天安门城楼焕然一新，象征中国三十一个省、直辖市和自治区以及台湾、香港、澳门的共三十四个大红灯笼采用科技手段半悬于空中。

全场五十万官兵、群众及外国友人参加了这个盛大的节日活动。他们个个喜气洋洋，手举五星红旗，等待着即将游行的队伍。瑞琪心潮汹涌，恨不能马上就飞到天安门广场。

看过了英姿飒爽的中国军队的分列式，瑞琪多么希望自己也是他们中的一员，希望自己也能亲临现场，亲身感受祖国母亲的慈爱和中国的腾飞。

看到设计精良的导弹、其他各式武器，看到科学技术的突飞猛进，看到文艺、影视、体育等各行各业也以惊人的速度变化发展，瑞琪感动得哭了。瑞琪为自己生在这样一个富饶、文明的国家而骄傲、自豪。

第二章

噪音反击战

放假的时候同学们一个个快乐得像将要展翅高飞的小鸟，上学的时候却没精打采地成了一个个将要踏上刑场的“囚犯”。

初中和高中虽然只相隔几年，却是截然不同的两个世界。高中有了更多的住读生，为了稳定秩序，学校实行封闭式管理。同学们再也不像以前那样轻松了，早晨六点钟起床开始学习，一直到晚上十点钟才能休息，一天最多睡八个小时。许多同学在这儿学习一年了，都还没有适应过来。国庆假期，有的甚至从早睡到晚，每一天都成了他的“冬眠日”。

这不，刚刚放假回来，大家的精神都不好。教室里听不见往日的朗朗读书声，而是静得吓人，就像每天晚自习时被两颗圆溜溜的眼睛监视着。尽管如此，同学们还是照睡不误。有的人一只手撑着，一只眼闭着；有的人用书挡着脑袋；有的人缩成一团，趴在桌面上；还有一些“高手”居然睁着眼睡觉——恐怕没有哪个老师能看得出来吧！这可是多年修炼而成的，一般人可没那么容易学会。

“啊！”只听一声尖叫，所有的人都吓了一跳。刘轩也打了个寒战，又继续睡。其他同学则睡意全无，一双双眼睛齐刷刷地望着声音传来的方向。

原来是雪倩用纸包了一只死了的壁虎传给阿妹，阿妹吓得叫得整栋教学楼都听得到。

同学们的埋怨声不绝于耳，她不经意间还看到了几个白眼。阿妹的心里难过极了。“为什么同学们都不喜欢我，还老爱欺负我，拿我当笑柄？”阿妹想着眼泪就滚落下来。

同学们见状忙扭过头去。雪倩则因为出了阿妹的丑而乐滋滋的。她向来最讨厌阿妹，因为阿妹总不爱和人交往，同学见面连看也不看一眼，像陌生人似的。也许是因为阿妹内向，不爱说话，而在同学们心中这就是“高傲”。

可老师们却百般爱护阿妹——一到公开课，第一个就点她（在老师眼中，阿妹的准确率是最高的），把她当宝贝；上课演习（用老师的话说是“现场直播”）也让她批改；就连她学习委员的职位也是指定（并非选举）的。但这职位“形同虚设”，没起任何作用。

早自习终于下了，同学们都百米冲刺似的跑向食堂，只有阿妹一动不动。平时她都是最后一个下去，第一个上来。而今天她可能不会下去了。等到教室里只剩下阿妹一人，她才小心翼翼地拿出自己心爱的带锁日记本。在这儿，可能只有它是她真正的朋友，能够听她说一些知心话。阿妹认真地写着，似乎要把满心的委屈都告诉它。终于，临近尾声了，阿妹的脸上才露出了笑容，心情恢复了平静。

于是，她又小心翼翼地把它锁好，放进了抽屉里。然后，抱起英语书开始大声地朗读。似乎只有这样，她才会觉得充实，感到快乐。

这时，同学们陆陆续续走进了教室。他们在门外是笑着的，可进门后眉头又皱了起来。“真烦人，一天到晚读个不停，不累吗？”“我真怀疑她是不是人！”而阿妹却对外界的声音毫不在意，依然专注地读着。

就在这时，班主任钟老师来了。他走上讲台，微笑着说：“大家都安静下来，现在我们开始上课！”顿时，教室里静了下来，只听到一个声音还在回荡——阿妹还在读她的英语书！

“喂，你耳朵是不是有毛病？”

……

这时，同桌敲了敲阿妹的桌子，阿妹这才回过神来，忙闭上了嘴巴。

钟老师是一位出色的语文老师，他的口才好，知识渊博，才三十出头的他已在各大报纸杂志上发表了二十多篇文章，学校的文学社也是他亲身指导。这不得不令同学们佩服。而且，钟老师教语文和其他老师不太一样。他不喜欢局限于书本，仅例行讲结构、段落大意局限于这些，而是喜欢开展一些丰富多彩的活动让同学们既学得开心又长知识，比如“中秋篝火晚会”“诗歌朗诵比赛”等。钟老师还说有机会要带同学们去郊游，大家十分期待。

这不，大家都盼望着钟老师带来好消息，那一个个期待的表情真是“望眼欲穿”。

“同学们，还有两个多月澳门就要回归了。我想在下个星期四的班会时间举办一个‘迎澳门、庆回归’活动。本次活动共分为两大部分：第一部分是‘迎澳门回归’，请大家这几天多看看关于澳门的书，收集一些材料，我们要进行知识竞答；第二部分是‘畅想2000’，请同学们准备发言稿，我们要进行演讲比赛。整场活动用两节课的时间完成，请大家务必做好充分的准备，一展自己的才华！”钟老师兴致勃勃地说着，可台下的同学们早已怨声载道，叫苦连天了。

“钟老师说话不算话，要么就别说，说了又吊人家胃口，真讨厌……”

终于，艰难的一节课结束了。钟老师后脚刚跨出大门，同学们便全体趴下了，看来大家多么需要“精神支柱”啊！

到了中午，同学们都早早地来到教室。没有人奋战到一点过，有的甚至中饭都没吃便开始午休了。

今天中午不再像以往那样喧闹，同学们都安静地睡着。

可是好景不长，梦中的情节刚到精彩处，便传来一阵阵刺耳的敲击声，接着便是机器“吱—呀—吱—呀”运转的声音。

同学们都被吵醒了，只有刘轩迷迷糊糊地说了一句：“这是谁在拆房呀？不知道小点声吗？”接着又继续睡。

这时，雪倩也被吵醒了，她紧皱着眉头，使劲捶了一下桌子就直冲冲地跑到窗台前，对着工地上的工人破口大骂：“吵什么吵，烦人！”

可是，工地上的工人似乎并没听到“大嗓门”的“宣言”，声音越来越大，那噪音让同学们心里如“百蚁挠心”般难受，脾气坏的同学不是捶桌子就是扔东西，脾气好的索性起来看看课外书。

也许是因为两天没睡好，更多的同学还是极力想睡着。有的用手捂着耳朵，痛苦地挣扎；有的则抵住酷暑，索性用校服把头包裹起来，只留两个鼻孔出气，但最终都失败了。

黎斌气得把校服扔到了地上，用脚使劲地蹬了桌子一下。“桌大哥”几乎要摔倒，但还是稳稳地站住了。雪倩看着黎斌经过校服“洗礼”后的“鸡窝头”忍不住笑了起来。黎斌的气却是不打一处来——

“这是什么鬼学校，吵得上课听不成，睡觉又睡不成。干脆放我们回家算了！”

这时，几乎所有的同学都起来了，一副副可怜兮兮的“苦瓜相”，可是又有谁可怜大家呢？同学们只好去洗把脸凉快凉快，然后互相诉苦，再聊聊家常——任机器“喊破喉咙”，大家被迫保持冷静的心情。

“你们瞧啊，刘轩睡觉还流口水！”突然有人嘻笑着，似乎大家对此都很感兴趣，一个个脑袋全部向后排的刘轩看去。刚才的烦闷一扫而空。

来自海洋的声音

刘轩虽然不能称得上“大侠”，但也是个“性情中人”。虽然在“白日梦”中，他都是喜欢浪漫的人，但在现实生活中，他却对“女强人”情有独钟，而吴萌就是他“一厢情愿”的对象。

吴萌的个子不高，皮肤微黑，一条马尾辫，戴着一副近视眼镜。她给人的感觉就是很成熟、很有气质，像个大姐姐。她的声音很有磁性，具有一种与生俱来的气场，同学们都很佩服她。

也正是因为这独特的嗓音，才深深吸引了刘轩。自从第一次听到吴萌上课回答问题，他便开始了“心动历程”。每次听到她的声音，刘轩都忍不住心狂跳。虽然这让他有些紧张，额头直冒虚汗，但他还是特别喜欢这种感觉。

得知这次“迎澳门、庆回归”活动是由吴萌全权负责，刘轩激动极了。他早早地准备好了录音机和一盘空白磁带，盼望着在那一天能够录到他梦寐以求的声音。

一个星期一眨眼便过去了，星期四的到来让刘轩倍感振奋。他还准备了一些有关澳门回归的材料，和一篇长长的演讲稿(在学习上他从没这样认真过)——为了超越自我，更为了引起吴萌的注意。

下午第二节课刚结束，郑炜便在黑板上题上了几个奔放有力的大字——“迎澳门回归·畅想2000”，“大画家”黎斌也为之配上了一幅优美的画作。整个版面和谐而统一。

“当——”上课铃响了，令刘轩期待已久的时刻终于到来了。他小心翼翼地按下录音键，等待着那“来自海洋的声音”。

吴萌沉着地走上讲台，面带微笑地用她独具魅力的嗓音发话了：“同学们，澳门12月20日就要回归了。作为跨世纪的青少年，能看到这一盛景是我们的荣幸。而21世纪的我们又将以怎样的实际行动把祖国建设得更加富强呢？这是每一位同学都应该好好思索的问题。下面，我宣布‘迎澳门回归·畅想2000’主题班会正式开始！”

一阵热烈的掌声过后，吴萌继续说：“第一部分，迎澳门回归。第一项，全体起立，齐唱《七子之歌》！”

刘轩兴奋地从椅子上弹起来，却忘了关录音机，他似乎有些后悔了，“这下完了，又得白白浪费这么多胶带！”可是要关也来不及了，同学们响亮的声音已回荡在整个教室。

“你可知Macau不是我真姓？我离开你太久了，母亲！但是他们掳去的是我的肉体，你依然保管我内心的灵魂。……那三百年来梦寐不忘的生母啊！请叫儿的乳名，叫我一声‘澳门’！母亲啊母亲，我要回来，母亲！……”

“请坐！”歌罢，吴萌有礼貌地说。

“第二项，澳门知识竞答。我们采用击鼓传花的方式，鼓手由郑炜担任，而花则是这个精致的盒子。盒子里装着许多问题，当鼓停的时候，盒子在谁的手上，谁就从盒子里取出一个小纸团，然后回答问题。答对了无奖品，但答错了或答不上来，就得表演一个节目。其中有一个纸团是空白的，谁得到了就不用回答问题，那就让我们拭目以待，看看究竟谁会成为这个幸运儿！”吴萌刚说完，雄壮的鼓声便响彻整个教室。

当鼓声停止的时候，盒子刚好传到正专注于录音的刘轩手里，刘轩的室友们都知道他的底细，一阵雷鸣般的掌声中夹杂着富有深刻含义的笑声。

刘轩惊了一下忙从座位上跳起来，呆呆地望着从讲台上微笑着走下来的吴萌。

台下的掌声更加热烈，也许是对此类事情独有的敏感，没过五秒钟，全班同学几乎都得知了这个惊人的消息。笑声更大了，所有的同学都向他们行“注目礼”，这不禁让人想起了教室里那最温情的时刻。

“刘轩同学，请你在盒子里拿一个纸团！”吴萌察觉到了点什么，但仍镇定地控制着大局。

刘轩的眼睛简直有些发直了，愣了半天才恍然大悟。他将微微颤动的手伸进盒子，随便捏了一个递给吴萌。这时，全班同学都安静下来，等待着吴萌的“宣判”。

刘轩的心跳加速了，他怕回答不上来在吴萌面前出丑。

“恭喜你，刘轩同学，你摸到的是白卷！”吴萌兴奋的宣告使刘轩绷紧的神经舒展开来，然而同学们却大失所望，不住地叹息、摇头。

“好！请坐！Let's go on！”吴萌的激情还未消逝。

刘轩的心情却复杂极了，一方面他想和吴萌的接触能够更长一些，另一方面他又为自己没有出丑而庆幸。但是录音的工作让他很快忘了这些，又沉浸在巨大的成就感之中。

……

“第二部分，‘畅想2000’演讲比赛！下面请同学们踊跃发言，畅想一下未来的自己、21世纪的祖国将会变成什么样？……”吴萌还没说完，就见刘轩把手举得高高的，似乎吃了“熊心豹子胆”。

顿时，教室里爆发出一阵雷鸣般的掌声，同学们心想好戏就要开场了，乐得嘴都合不拢了。

吴萌觉察到一丝不对劲，但仍然微笑着说：“刘轩同学，你真积极！那么我们就欢迎这位敢于‘第一个吃螃蟹的勇士’来为大家演讲！”

刘轩的心里一阵接一阵地狂跳，同学们都用期待的目光看着他，而他却一点儿也没察觉——此时他的眼中只有吴萌。

他不好意思地站起来，偷偷看了一眼吴萌微笑着的脸颊。顿时，心中似有“三昧真火”在燃烧，他挺了挺胸膛大步迈上了讲台，而热情的掌声还在继续。

“同学们，谢谢大家对我的支持。下面大家可以安静了，因为我要开始演讲了。”刘轩说完，便逗得全场捧腹大笑，吴萌也笑得露出了洁白的牙齿。

“今天，我演讲的题目是《来自海洋的声音》。”题目刚念完，同学们似乎已经能想象其中的大意了，于是边笑边拍手。吴萌似乎也看到了某种异样的目光正同时投向自己和刘轩，她的表情顿时变得严肃起来，微黑的脸上泛着些红。

刘轩长长的睫毛下黑黑的眼珠向四面八方转了几圈，便开始念道：

我梦想
有一天
能漫步在傍晚的海边
听那来自海洋的声音
我梦想
有一天
一个人变成两个人
听那比萨克斯更沁人心脾的海洋的声音
我梦想
有一天
一个人变成许多人
听那奥妙的海洋的声音
……

刘轩的演讲终于结束了，同学们一阵欢呼过后，吴萌若有所思地走上了讲台：“谢谢刘轩同学的演讲！他的演讲稿很有创新意识，这首诗也确实写得不错，但似乎不适合在公共场合演说。下面还有哪位同学自告奋勇，带大家到更遥远的空间去看一看呢？”

……

时间一分一秒地流逝。离班会结束仅有十分钟时，刘轩的录音机突然停止了转动，他知道空白磁带已走到尽头。尽管只有最后十分钟了，可刘轩还是很舍不得这具有永久纪念性价值的声音，他失落地埋着头，后悔当初没多买两盘空白磁带……

就在这时，门“吱”的一声开了，是班主任钟老师。刚好最后一位同学的演讲结束了，吴萌机智地走上讲台，说：“下面我们欢迎钟老师同学为大家做最后的发言。”

一句话说完，吴萌才发现自己的错误，忙捂住了嘴巴不好意思地跑到座位上，可同学们早已趴在桌子上笑得双眼含泪。钟老师那圆溜溜的眼睛也笑得眯成了一条缝。

“今天，我不想发言，只想和大家一起唱一支歌，歌名叫《走进新时代》，大家都会唱吧？”钟老刚说完，几个同学便嘀咕了起来。雪倩也小声咕哝：“听说，钟老师只会唱这首歌……”同学们听了都开心地笑了。“林雪倩！”雪倩还没说完，便听见钟老师在叫她。“你给大家起个头吧！”同学们知道雪倩最不擅长唱这种歌，都咯咯地笑着等着她发声。而她却清了清嗓子便唱了起来：“总想对你表白，我的心情是多么豪迈，总想对你倾诉，我对生活是多么热爱……”

月亮惹的祸

刘轩自从在班会上录到了“来自海洋的声音”，兴奋得一连几个晚上没睡好觉。昨晚他又伴着那声音甜蜜地入睡，而且还做了一个幸福的美梦——

一个早晨，桃林中落英缤纷，薄雾像一层虚无缥缈的细纱罩在林子的上空。林边清澈见底的溪水中也漂着花瓣，随水流流向远方。溪水的另一边是一个被各种奇花异草簇拥着的“万花亭”，一个俊秀的白衣少年正在亭边练剑，那剑迎风发出清脆有力的声音和幽静的林园形成鲜明的对比。

就在这时，从溪水的上游传来一曲悠扬婉转的笛声，少年的心里微微惊奇，接着便深深陶醉于其中了。他放下剑向笛声传来的方向望去。

一只小船正顺着水流缓缓漂来，船头站着一位白衣少女正娴静地吹着笛子。她手指修长，动作娴熟而优雅。她的目光一直向着远方，以至没察觉到正呆呆望着她的白衣少年。

突然，林子里飘来一股杀气，接着便见几个黑衣人从中跳出来，那凶神恶煞的表情真让人不寒而栗。他们二话没说就跳向白衣女子的小船，白衣少年见状，忙使出他天下无双的轻功飞向惊恐万分的白衣少女。

少年搂着少女的纤纤细腰，把“黑衣大盗”远远地甩在了身后。

少女这才发现自己在空中，虽然有些胆怯，但看到“黑衣大盗”在下面无可奈何的表情，她开心地笑了。少年专注地望着她迷人的微笑也开心地笑了……（不说也知道这位男主角就是刘轩自己，而那位“情人眼中的西施”便是吴萌。然而大家也许不知道，这些“黑衣大盗”便是班上仅有的十几个男生的代表）

令刘轩尴尬的是，他做梦发出甜蜜笑声的事成了这几天班里最热门的话题。同学们都有意帮刘轩和吴萌“牵线搭桥”。但大家都知道，吴萌是不会喜欢没有知识、没有品位的男生的。

今晚又是一个“不眠之夜”，刘轩一上床便开心地把录音机搂在怀中。室友们为了“实况直播”，一直睁只眼、闭只眼，等待着刘轩令人羡慕的笑声。

刘轩是班里的“瞌睡大王”，在寝室里则是“瞌睡大亨”。每晚他稳重而有节奏的鼾声成了室友们入睡时必备的“催眠曲”。许多室友因为睡不好觉而对他“恨之入骨”，真想用毛巾塞住他那“猪八戒”式的鼻孔。然而男孩们是讲哥们儿义气的，他们不会这么斤斤计较。

令他们开心的是，自从刘轩每晚做梦发笑以后，就再也听不到他那“震惊全球”的鼾声了。室友们都说：“爱情的魔力真伟大！”

凌晨1点钟，室友们终于听到了期待的笑声。大家忙爬起来跑到刘轩的床上，试图偷走这个“小气鬼”的“珍宝”（因为刘轩谁也不给听）。有人搔他的脚丫，有人点他的“笑穴”，有人使劲掰他紧握录音机的手指……然而他翻了个身把它搂得更紧了。

初秋的天气不太热，可室友们费了九牛二虎之力，汗水都流出来了，仍是以失败告终。

“这小子一定是吃了‘大力水手菠菜’了，怎么力气一下子变得这么大？”一位室友边擦汗边说。

“要不咱们把他叫醒，这样他的力量就会恢复到平日的水平！”另一位室友说。

于是，大伙儿推呀，摇呀，拉呀……所有的招式都用过了，终于在凌晨两点钟刘轩笑第二声的时刻，他睁开了迷蒙的双眼。

“吴萌，是你吗？……”

室友们忍不住哈哈大笑起来，其中一个室友“乘虚而入”，终于把录音机从刘轩手中抢了过来。

“哈哈，拿到了！”于是其他室友也跟了过去，十一个人拥在一团“比跳高”。刘轩这才真正地被喧闹声吵醒了。

“你们别碰它，快还给我！”刘轩急了，于是十一个人变成了十二个人一起玩“老鹰捉小鸡”。

突然，“嘣”的一声，录音机被摔到了地上。刘轩的心也随之掉进了万丈深渊。他的泪水在眼眶里打着转儿，然而“男儿有泪不轻弹”，他强忍着没让泪水滴落下来。

室友们见状，也吓了一跳。整个寝室突然变得鸦雀无声，只听得到一声声急促的喘息声。

就在这时，突然传来敲门的声音。

“年级主任来了，快撤！”有人小声说。十几个人一眨眼工夫便钻进了被窝里，只有刘轩因为那摔坏的录音机而被年级主任的“激光电筒”射到了。

“你，开门！”年级主任“虎视眈眈”地望着刘轩。这时候谁也管不了那么多了，都只管保自己的小命了。刘轩只好“孤军奋战”，不情不愿地打开了门。

“你，这么晚了，怎么还没睡啊？”年级主任眼神犀利地问。

“我想上厕所！”这是刘轩撒谎时的口头禅。

“可是我明明听见你们寝室里刚才很热闹？”

神经绷得紧紧的室友们听到这话，知道“事态紧急”……

“祸是我惹出来的，绝不能让刘轩背黑锅！”刚才出妙计的室友想着。

“老师，你要罚就罚我吧，与刘轩无关！”他勇敢地从床上跳下来，接着，其他十个人也都下来了。所有的人都埋着头，等待着老师的惩罚。

“你们都挺‘诚实’的，不说我也知道你们在干什么！”年级主任凶巴巴地说。

大家知道和年级主任是讲不清道理的，再说这一次他们是真的犯了错，于是勇敢地默默激励自己：随他警告还是严重警告吧。”

“今天，我不想和你们多说，全部站到操场上去，半个小时！”年级主任终于“宣判”了。

于是，十二个男孩光着胳膊、赤着脚丫排队上了“刑场”。

年级主任也许是困了，看了他们几眼便回家睡觉去了。

十几个男孩迎着初秋的凉风，冻得发抖，却仍然不敢动弹一下。刘轩难过得再也使不出“站着睁眼睡觉”的本事了，他想起录音机里的那盘磁带，心就如刀割般难受——“男孩的心比女孩更脆弱！”

最熟悉的陌生人

今天最后一节晚自习突然下起了大雨，瑞琪本想妈妈会来接她，可等了半天也没见到妈妈的人影。

每次下雨，妈妈都会及时给瑞琪送伞来，有的同学只能淋雨回去。大家都很羡慕瑞琪，说瑞琪有一个好妈妈。每到这时，瑞琪就会觉得自己是世界上最幸福的人。

然而今天妈妈第一次迟到了，瑞琪有些委屈。

但很快她就不再埋怨妈妈了，反而庆幸她今晚没来。

就在瑞琪等得最难过、最委屈的时候，突然迎面走过来一个熟悉而又陌生的人，他举着一把蓝色的伞径直来到瑞琪的面前。

“张瑞琪，这么晚了你怎么还没回家呢？”

瑞琪顿时愣住了，但马上就反应过来，这是郑炜的声音！顿时，瑞琪的心就像吃了蜜似的甜，转忧为喜，微笑着对他说：“我在等妈妈！她说要来接我的。”

“是吗？可是都这么晚了，同学们都已经回家了。

不如我送你一段吧。”

郑炜的话语让瑞琪有些感动。

后来他说了些什么瑞琪记不太清楚了，只知道他和瑞琪顺路，于是瑞琪便坐上了他的单车，在后面为两个人撑着一把漂亮的蓝伞。长这么大瑞琪第一次感觉到浪漫的滋味。

瑞琪很紧张，心一直扑扑地跳着，她一直用笑容在掩饰。郑炜骑得很慢，因此他们说了很多话。他告诉瑞琪，她的《蓝色星球》被登在校文学社主办的《阳光》杂志上，文学社总编辑钟老师希望瑞琪可以参加他们的文学社。瑞琪听到后很高兴，但甜蜜仍占多数。

但是，瑞琪马上想到了语文一向很棒的阿妹也是文学社的成员，以后瑞琪和阿妹在一起的机会就多了。阿妹对人这么冷淡，瑞琪真不知道怎么和她交往才好。郑炜似乎猜到了瑞琪的心思，他告诉了瑞琪一个令人难过的消息——阿妹没有爸爸！瑞琪觉得这个消息太让她震惊了，一个孩子没有爸爸该多艰辛，瑞琪马上又恍然大悟，难怪阿妹总对人冷冰冰的，原来她是有心事的。

瑞琪想着同学们如果知道了这个消息一定也会同情她的遭遇，不再排斥她了。然而郑炜说这是个秘密，让瑞琪不要告诉别人。想来也是，心事都愿锁在日记里，无论是甜蜜的还是痛苦的都只愿一个人静静地品尝，其他人是永远体会不到的，就算体会到了，那味道还是会有所差别。

前几天，学校开了一次盛大的秋季运动会。瑞琪报了100米、200米和4×100米接力，这些是瑞琪最拿手的。然而在这人才济济的校园里，瑞琪的100米、200米只分获第五、六名，4×100米接力获团体第三名。

郑炜也参加了令人胆战的男子3000米长跑比赛。瑞琪看见许多女孩子在为他加油、鼓劲，还给他送水、送毛巾。瑞琪本想去看看，想想那么多女孩围观，于是只好在心中默默为他祝福。令人欣慰的是，他居然得了第三名。真没想到一个成绩如此出色的男孩，体育也这么好。

林雪倩最讨厌运动会，经常旷操，旷体育课，因此她的肥一直减不下来。钟老师每次问她原因，她都会“老实交待”：“我怕晒黑！”“我怕累！”钟老师是个好老师，看她这么诚实，这么可爱，也就没跟她计较。

这次运动会她被迫报了铁饼。令人惊讶的是她差点儿扔了年级第一、打破校纪录！然而，当大家正感叹于她“不鸣则已，一鸣惊人”的伟大创举时，有人告诉大家，她扔的是裁判测距离的卷尺，不是铁饼，这下可把大家都笑傻了。此事一传十，十传百，成了全校传颂的经典笑话。

刘轩是班里的“飞毛腿”，在男子100米和200米短跑、跳高、跳远中他取得了“全能冠军”，可是吴萌看都没有看他一眼。他真可怜！

马上就要期中考试了，这个运动会似乎对阿妹一点影响也没有。三天下来，没看见她为别人呐喊、助威，也没看见她帮运动员倒水、送毛巾。

吴萌是校广播室的播音员，这次运动会她一直坐在主席台上念广播稿，特别风光。

下个星期就要期中考试了，然而同学们一点儿也不紧张。“反正又不是高考，怕什么！”这是同学们的互勉之言。

有人抱着厚厚的《巴黎圣母院》，体味着其中的“美与丑”；有人抱着《茶花女》，为之悲惨的一生而惋惜；有人抱着《安娜·卡列尼娜》，体会那震撼人心的爱情悲剧……郑炜还在研究他的电脑，黎斌还在不断地创作、投稿，刘轩依旧抱着厚厚的《书剑恩仇录》《圆月弯刀》《白发魔女传》痴迷地看着；雪倩迷上了《浪客剑心》，而吴萌和阿妹则都在认真地学习，在学习上暗自较劲。

这次考试是高二的第一次考试，瑞琪不能再让妈妈失望了。因此，她早早地收起了《科幻世界》和有关的科幻影片，认真地备战考试 。

第三章

可怜天下父母心

期中考试伴着加速的心跳声结束了，然而同学们并不轻松。随着一科科成绩的揭晓，结果是“几家欢乐几家愁”。

考试前的豪言壮语销声匿迹了，快乐轻松看不到了，取而代之的是一张张愁苦的脸庞，一滴滴酸楚的泪水。因为马上要迎接的便是令人心惊肉跳的家长会。

阿妹这次考得不错，比吴萌多一分位居第二，郑炜当然名列榜首。阿妹一得到这个好消息，第一个想到的便是母亲。她花了一个晚自习给母亲写了一封长信，告诉她这个消息并让她准时来开家长会。

然而，信发出后的第四天，陈母便提前来到学校。时机不对，正值星期六，学校规定只有星期日家长才能来探望子女。陈母被门卫拦在铁门外望眼欲穿，然而阿妹住读，也只有星期日才能出校门。于是母女俩被这“城堡”隔着，“小鸟儿”在里面出不去，“鸟妈妈”在外面进不来。

终于盼到午餐时间了，一位好心的门卫找到了阿妹，并告诉了她令她意想不到的惊喜——可以趁午间休息去会见母亲。她一蹦一跳地跑到了校门，然而当她看到母亲孤独地站在门外时，突然意识到了什么，心顿时凉了。

她多么想扑进母亲温暖的怀抱，多么想让母亲长满茧的手抚摸一下自己的额头……然而，想出去的出不去，想进来的进不来，母女俩只好从铁栏杆的狭窄缝隙里传递东西，看着对方不完整的脸……静静享受着“探监”一样的感觉。

“阿妹，瞧你又瘦了，不要太节约，想吃什么就吃什么，妈妈会努力赚钱的，你不要担心太多！”

“妈，瞧你又黑了，皱纹也增多了，你不要太勉强自己，累了就多休息，不要硬撑着，我在这儿吃得很好，东西又不贵，你不用担心我的！”

陈母听着，泪水在眼眶里打转……阿妹怕母亲伤心，忙转换话题：“妈，哥还好吗？”

陈母忙偷偷拭泪，佯装着微笑说：“你哥很好，他刚从深圳打工回来，还挣了一笔钱。现在咱们的债全部还清了，你只管安心学习，什么都不用操心！”从陈母的眼光里，阿妹感觉事情并没有那么简单，但她没有追问下去。

回来后，阿妹一直回想着母亲有些躲闪的眼神，她想一定是哥哥出事了。尽管那又得耗费十多元的车费，但她还是决定下次放月假回家一趟。

家长会很快便到了，阿妹一直没等到母亲来。她站在阳台上望着母亲曾经停留过的校门，泪水又一次落下来。“妈妈，你怎么还不来呀，你不知道我等这一天已经好长时间了吗？第二名，妈妈，我终于又上升了一名，今天由我当学生代表发言，这么神圣的时刻我就是为了让你看到，让你高兴，可你为什么还不来呢？……”阿妹想着，泪水顿时决堤一般地涌出来。

“阿妹，你怎么了？”郑炜也是今天的学生代表，所以他留了下来。

阿妹忙转身擦去眼角的泪水，又转过身来，但她不敢看郑炜，怕他看到她哭红的眼睛。

“我没事的，你去接待家长吧！不用管我！”阿妹低着头说。

“是不是你母亲没来？不用担心的，离家长会开始还有二十分钟，你母亲一定会来的！”郑炜宽慰她说。

“谢谢，我会继续等的，你去忙你的吧！”阿妹依旧低着头，但她很感动，因为在这个无依无靠、没有朋友的集体里，居然还有一个男孩子关心着自己。阿妹的心里有一种说不出的感觉在萌芽。

这时，刘轩和几个“患难之交”也在学校门前等着“远道而来”的父母。看着其他同学都和父母手挽手进了门，刘轩的心里真不是个滋味。这时，只剩下刘轩等三人了。

“刘轩！刘轩！”从校门外传来一阵急促而又亲切的呼唤，原来是刘父。刘轩激动万分，忙跑去迎接。

“唉，人又少了一个，只剩下咱俩了！”剩下的一个同学说。

刘轩以那“短跑冠军”的速度冲到了门口，一看，呆了——刘父穿了件平日干农活的蓝色工作服，虽说它是蓝色，然而多年的风吹日晒和黄土地的浸染，已经被染成了一种很难看的灰色；刘父的脚上穿了一双沾满了泥土、脏兮兮的解放鞋。

“爸爸，你怎么穿成这样？”刘轩长长睫毛下的三角眼顿时瞪成了猫眼。

“咋了，我平时不都是这么穿的吗？”刘父疑惑地说。

“可这是学校，你至少应该穿得干净些吧！”刘轩有点埋怨地说。

“对不起！原本我给忘了，是你妈刚刚提醒我，我才慌张地赶来的。我本来准备了一套新西服，可刚从田地里回来，来不及了。”刘父似乎想起了什么，忙不好意思地解释道。

“算了，快到教室里去吧，家长会马上就要开始了！”

刘轩习惯了这种“没大没小”的口气。

刘父心里有些不是滋味，他佯装微笑向教学楼走去……

这时，其他两个同学跑了过来，嬉笑着问：“唉，他就是你的爸爸？”

“你说他？当然不是，他是我家乡的一个亲戚！”刘轩说着，不经意地望了一眼父亲，然而他发现，父亲正失望地看着他。他的脸猛一阵发热，突然意识到自己犯了一个多么严重的错误。他不敢再看父亲失落的眼神，深深地低下了头。

谁的眼泪在飞

黎斌的家境很好，母亲是个“女强人”——一家公司的董事长兼总经理，他则是家里的“大少爷”。然而，他的爸爸在事业上似乎“不尽人意”。自从下岗以后，他便成了“家庭煮父”，每天做饭洗衣服。其实有这么一个能干的妻子找一份工作不成问题，而黎父似乎更喜欢做家务活。

黎斌觉得自己生活在一个“另类”的家庭里，母亲成了“父亲”，父亲成了“母亲”。他讨厌在集贸市场里看见父亲买菜的身影，讨厌母亲开着车接他上豪华餐馆；他讨厌听到同学们夸奖：“你的父亲真好！”“你的母亲真能干！”……他多么希望父亲和母亲能够交换一下！

然而，自从父亲下岗后，黎母和黎父就很少说话了。黎斌每晚回家总是看见母亲和几位公司的阿姨在房间打麻将，而父亲则独自坐在沙发上看电视。

黎斌觉得家里像地窖一样冷，小时候一家三口一起边吃饭边看电视的情景再也找不回来了——黎斌爱写东西的渊源，可能就来源于此吧！

但自从见过瑞琪后，他的心里便充满了阳光，充满了希望。黎斌渐渐爱上了上学，越来越讨厌回家。因为在学校里他每天都可以看到阳光和微笑，然而回家他只能看到父亲愁苦的脸，听到令人烦躁的麻将声。他同情父亲的遭遇，但同时又怨恨父亲没有男子汉气概，一个大男人居然让一个女人养着。

黎斌不想再去想这些令人难过的事，他深深陷入了对瑞琪的好感中，不能自拔。在黎斌的日记本里每天都会诞生一首类似这样的诗：

Angel（天使）

雨滴是你晶莹的泪珠
阳光是你灿烂的笑容
星星是你闪亮的眼睛
月亮是你弯弯的眉梢

你飘逸的长发
像春天的垂柳般柔顺
你红红的嘴唇
比鲜嫩的草莓还要醉人

你白皙的皮肤

比雪山的冰面还要光滑

然而这几日，他每天都看见郑炜和瑞琪一起出校门，他们看起来非常默契！黎斌只能透过轿车的玻璃窗望着瑞琪坐在郑炜的自行车上。

黎斌多么希望自己能有一辆跑车，载着瑞琪到各处“旅游”；他多么希望也和瑞琪顺路，这样至少可以目送她回家。

然而现实和梦想总是有距离的，想得再好，它依旧只是梦想。

今晚，黎斌终于按捺不住内心的情感，传给了瑞琪一张小纸条，上面写着：

瑞琪：

请允许我这样称呼你！

不知你是否注意过我——那个喜欢看你笑的男孩，而我一直都不曾把你从心中抹去。

你就像那天使，在我的世界中飞舞——我的视线中只有你！

假如你不想接受我的感情，我也不勉强你，我只希望在你的心中能留下一个小小的空间给我——哪怕只是普通的朋友！

永远爱你的

黎斌

这时，瑞琪正在看书，突然收到一张小纸条，她觉得奇怪，若有所思地打开了它。

哪知就在这时，“幽灵”（同学们给年级主任起的“雅号”）正在窗外窥视着教室里发生的一切。瑞琪坐在第一排靠窗的位置，而“窗子里的脸”就在她的身边。

瑞琪看完了纸条正要把它撕掉，突然，“嘣—嘣—嘣！”是“幽灵”在敲窗。瑞琪吓了一跳，忙把纸条扔在地上，很不情愿地打开了窗。

“你刚才扔在地上的是什么？”“幽灵”严厉地问。

瑞琪这时已经来不及难过了，她的心里有些害怕。

“我……”瑞琪支吾了半天，不知说什么好。

这时，同学们的目光全都投向了瑞琪和“幽灵”。郑炜和黎斌的心跳也加速了，而黎斌则更加惭愧和自责。此时，他已经忘了上面附上了自己的名字，他的心里全是瑞琪，担心“幽灵”对她有什么不利。

“别站着发愣，把刚才你扔在地上的纸条给我捡起来。我全看见了，你别装傻！”“幽灵”的口气近乎吼叫。

班里大多数同学并不待见“幽灵”，给了他几个白眼。

“讨厌！真无聊！”

瑞琪不情愿地捡起纸条递给了他，眼泪在她的眼眶里打转。她最怕看到“幽灵”那双吓人的眼睛，不一会儿，泪水便掉落下来。

“你出来一下！”“幽灵”做了个手势。

瑞琪低着头走了出去，她知道迎接她的不会是个好结果。

“这纸条是谁写给你的？”

瑞琪没说话，只是摇摇头，泪水在不停地翻滚。

“看来这个问题还很严重，你跟我到办公室去一趟。”

瑞琪的心像翻倒了五味瓶，什么滋味都有，她低着头抽泣着，泪水浸湿了衣襟。

来到办公室，“幽灵”从抽屉里翻出了这次期中考试的名次表。每次训话前，他总是以成绩为标准来判定训话的内容。在他的眼里，成绩代表一切，成绩好的就是好学生，其他错误都是微不足道的，而成绩差的就是“坏”学生。

“你叫张瑞琪，是吧？”“幽灵”开始舒展双眉。

"嗯。"瑞琪点点头，可眼睛已经哭红了。

"成绩还不错嘛！十二名！要是再拔尖一些就更好了。""幽灵"露出了难得一见的笑容，"别哭了，我知道不是你的错，告诉我，这是谁给你写的，是不是黎斌？""幽灵"指着纸条下面的署名，希望瑞琪能确定一下。

瑞琪这才反应过来，忙擦干眼泪不哭了。

瑞琪是个善良的女孩，尽管她讨厌男孩们给她写这种莫名其妙的纸条，但她觉得喜欢一个人并没有错，她只是讨厌这种太直白的方式。她不希望别人受到伤害，包括黎斌。

"不，不是的，你理解错了！是我在构思一篇青春小说，于是我便让我们班最有写作才华的黎斌帮我写了其中最重要的部分——情书，他刚用纸条传过来，哪知就被你发现了。其实'永远爱你的'和'黎斌'是分开的！你再仔细瞧瞧！"还好瑞琪聪明，编了一段这样的谎话。幸好黎斌也很幸运，他为突出自己的名字，特地空了一排写上姓名。

"幽灵"仔细地瞧了瞧纸条，发现的确如此。于是他相信了瑞琪"善意的谎言"。

"好吧，我今天就相信你，只是以后不要再写这种没品位的文章了，否则我就不会再相信你了。""幽灵”和蔼地说。

瑞琪快速地抽走了办公桌上的情书，鞠了个躬便向教室奔去。她像获得了一次伟大的胜利，开怀地笑着。

看着瑞琪安全归来，同学们都开心极了，为她鼓掌祝贺。郑炜和雪倩也松了一口气。

“送你一颗美味糖果，祝贺你荣归教室！”雪倩说着，拆开了糖纸，把一颗象征着幸福和甜蜜的糖送到瑞琪嘴里。

“谢谢！”瑞琪笑着，似乎比往日的每一个时刻都快乐——有这么多同学关心着她，她觉得心里热乎乎的，比在家里还温暖。

黎斌的心悬了一个晚自习，看着瑞琪迷人的微笑，他总算放下心了。同时他又想起了另外一件事：

“瑞琪看过纸条后会怎么样呢？她会不理我吗？她会不会以后都把我当成陌生人呢？”

于是，黎斌的心跳又开始加速，滚烫的血液在体内涌动，他不敢再看瑞琪，不敢再想下去。

好人好梦

盼了几个星期的月假终于到了，阿妹的心中比谁都快乐。

自从进了高中开始住宿生涯，阿妹都是每学期回家一次。连元旦她都是独自一人待在寝室里。她一直很节俭，每天吃饭最多不超过三元钱，从来不吃水果和零食。不是她不愿意回家，而是怕浪费车费。她知道母亲挣几元钱不容易。其实她经常想家，想妈妈和哥哥，更想在天堂的爸爸。有时候，她甚至想着想着就哭了。

今天，她终于可以回家了，过多的兴奋让她几乎忘了这次回家的使命是看望哥哥。

下了车，她一蹦一跳地跑进村，就像一只出笼的小鸟，放声地喊着："妈妈！哥哥！我回来了！我回来了！"

然而，并没有人应她。

她轻轻推开半闭着的门。让她惊讶的是，屋子里空荡荡的。几个月前她还看过的十四寸黑白电视机不见了；她又走出屋外，发现牛圈里曾经勤勤恳恳在田里干活的老牛也不见了。她忽然感觉到一丝不对劲。“难道出了什么事？”然后，她又冲回房里、后院，边跑边喊：“妈妈！哥哥！你们听见了吗？阿妹回来了！”但是，依然无人应答。

阿妹的心跳达到了最高速，她上气不接下气，泪水决堤般地涌落。

“妈妈，哥哥，你们到哪儿去了？不要把阿妹一个人丢在这里！”阿妹蹲下来，把头埋在膝盖上失声痛哭。

这时，门“吱”地一声开了。一位四五十岁的大娘走了进来：“妹子，是你回来了吗？”

阿妹停止了哭声，循声望去——原来是隔壁小虎的母亲，她因为眼睛失明，每天常在村子里转悠消磨时光。

“大娘，你怎么来了？”阿妹说着便走过去扶着大娘。

“妹子，大娘告诉你一件事，你可不要难过，好吗？”大娘犹豫了一会儿说。

“嗯。”阿妹坚强地点点头。

“自从你走后，你哥便带着你们家仅有的一千元积蓄，独自到深圳打工去了。你母亲听说去深圳能赚大钱，就毫不犹豫地把你哥送上了去深圳的火车。要知道，他们都是为了供你读书啊！哪知，半个多月前你哥突然从深圳回来了。听说不但没挣到钱，还遇上抢劫的，被揍了一顿。你妈把电视机和那老牛都卖了，换了钱送你哥住院去了。”

说到这里，阿妹又开始抽泣：“大娘，你别说了，我都知道了——你快告诉我，他们究竟在哪一家医院？”

“出了村往左转，走大约半个钟头便是一个白色的大门，上面有红色‘十’字的标志。我没去过，这些都是虎儿告诉我的，你路上要小心，边走边问，知道吗？”

阿妹谢过了大娘，便背着包出发了。

天色已渐渐暗了，阿妹走了将近一个小时才找到那家有红色“十”字标志的医院。她到处打听，终于找到了。

然而一进门，她惊呆了——阿强满脸裹着白色纱布，只看得见他微微睁开的双眼和用来呼吸的鼻孔。阿妹的泪水又忍不住流淌下来，这时，阿强也看到了阿妹。当两个人的目光相交时，他们都已泪眼模糊。

“阿妹，你怎么来了？”阿强强装着笑容，因他全身不能动弹，泪水仍挂在他的脸上。

“哥哥，你这是怎么了？是谁把你打成这样？”

阿妹放下包，扑到哥哥的怀里。于是，兄妹两人哭成一团。

“阿妹，是哥没用，是哥对不起你。哥本准备去深圳多赚点钱供你上大学，没想到遇到了几个流氓，他们找我要钱，我不给，他们就把我打成了这样……”阿强哭诉着，心中充满愧疚。

“哥哥，都是我不好。假如我不读书，假如我们一起去赚钱，你就不会变成这样了。”阿妹的心里难过极了。

就在这时，去为阿强准备晚餐的陈母回来了。她目睹了这令她心碎的场景，深恨自己的无能。

“都是我害得两个孩子受这么大的委屈，我真对不起他们。”陈母想着，靠在门边伤心地哭起来。

“妈，你怎么了？”阿强突然听到了母亲的哭声。

阿母来不及拭泪，匆忙拿了饭盒进来。

“阿妹，你怎么回来了？”陈母最担心阿妹的学习。

阿妹忙起来擦干了泪水，接过母亲的饭盒。

“妈，你快坐。我是特地回来看你们的，你不用再对我隐瞒了，我全都知道了。”

陈母刚想故作坚强，可泪水又忍不住落下来。

也许是阿妹想让母亲开心，她的脑中突然闪过一个连“聪明的一休”也想不出的主意。

“妈，澳门马上就要回归了，我们班许多男生都去考兵了。哥的身体这么强壮，不如让他去试试！”

也许是因为上一次草率的决定害了阿强，陈母没有露出喜色，而是犹豫了半晌。但她也知道，这次和上次不一样，就算考不上兵，也不会再遭人打了。于是，她微微点了点头。

“哥，那这些日子你就好好养身体吧，我去给你打听消息。”阿妹微笑着，那不大的眼睛亮晶晶的。

回到学校，阿妹的心一直挂念着母亲和哥哥。她在班里没有朋友，她不知道该向谁诉说。

突然，她想起了唯一值得她信任的人——郑炜。“他是一个体贴而又能干的男孩，他一定能帮上忙。”阿妹想着，喜形于色。

于是，她找到郑炜，告诉了他整件事情。郑炜答应尽量帮助她！

至少还有你

瑞琪不知道男孩们为什么老爱做这些“浪漫”的事儿，正值青春年少，理应多学点儿知识。“谈恋爱”“追求”都是以后的事儿，何必把现在宝贵的时间浪费在这些无用功上面呢?

瑞琪想每个人都不可避免地陷入爱河，这是人之天性。既然爱是一种难得的快乐，那我们又为何不藏于心，细细品味！何必要把它公布于众，让两个本是朋友的人成为“敌人”或是“陌生人”。

特别是对于中学生，爱来爱去毫无意义，最终还不是一场空。

也许有的人把它当作一生的“珍宝”，也许有的人只是模仿大人们“玩玩而已”。

瑞琪觉得两个人能互相了解，达到一种默契，他们就算是“真正的爱过一回”，瑞琪也会说“不在乎天长地久，只在乎曾经拥有”，然而那种爱实在太少。

人们总是心高，爱的人总比实际配得上自己的人好千倍、万倍，这样势必造成“你追我、我追他”的局面，“三角恋爱”也由此产生。

尽管瑞琪也是其中的一员，但是她不想去求得什么结果。她只要保留一种美好的感觉，到老时可以细细地回味，那些“爱过她的人”和“她爱过的人”都将永远留在她的记忆深处。到老时她会和他们一起去回忆纯真的年代、纯真的感觉。想必那时她会狂笑，笑自己的年少无知，笑自己的故作痴情。

瑞琪很想对黎斌说出自己的爱情观，可是又怕他听到后会难受。她愿意为他承受这沉重的压力，只希望有一天他能明白瑞琪的心意。

昨天上午的政治课，瑞琪看见黎斌在发呆。张老师点他起来回答问题，他哑口无言、神情木然。

曾经那么开朗活泼的他不见了，现在也很少听见他的声音了，瑞琪不希望那是因为她。

昨天晚上放学后，瑞琪让郑炜先走，随后找到了黎斌想要和他说清楚。

等同学们都回家后，瑞琪和黎斌来到了校园的草坪上。

他的话语是瑞琪预想不到的：“我的父母闹离婚，他们每天吵到很晚，我睡不好觉，没有心思学习，甚至不愿再回家！”

听到这里，瑞琪真希望自己是个男孩，这样就能够“收留”他了。然而，她只能恨自己有心无力。

瑞琪不再埋怨他直白的示爱方式，因为他说：“至少还有你……”瑞琪知道他要说什么，尽管他不好意思说完。

昨晚的月色很朦胧，就像他俩的心情一样，他们一直聊到所有的同学都到家了才分开。

而瑞琪的心却越发沉重了，她同情他的遭遇，一个

家就这样散了，其实伤害最大的是孩子。以后瑞琪要做他最重要的朋友。

尽管瑞琪的母亲也下岗了，但她还有一个令人羡慕的父亲，他是市公安局局长，用那最宽厚的肩膀保护着妈妈和她。

上个星期，高二年级举办了一次足球赛，瑞琪的班级居然在男生如此少的情况下得了第一名。

瑞琪是女子足球队的队长，而郑炜是男子足球队的主力——他们一起并肩作战的感觉真好！

班里女孩多，呐喊声最大。刘轩说："男孩最喜欢女孩在一旁看球赛了，听到女孩们的加油声，男孩们就会有无穷的力量。这就是'同性相斥，异性相吸'的道理吧！"刘轩真不愧为"笑星"，说话总是这么幽默。

球场上，男孩们总爱出风头。一会儿甩甩头，一会儿来个飞腿，还真把自己当成"贝克汉姆""罗纳尔多"了。

也许是漂亮姿势做过了头，刘轩居然把一只球鞋踢飞了，在一旁助威的同学们都笑了，而刘轩的脸也红彤彤的（他最怕在女孩面前丢脸了），但幸运的是，吴萌播音去了，没看球赛，刘轩这才松了一口气。

第四章

冷血的理由

班主任钟老师很早就了解到阿妹的身世，看着阿妹每天写着大篇大篇的“悲剧”，钟老师再也不忍心一个十七岁的小姑娘独自“沉浸在雨季”里了。渐渐地，全班同学也都知道了阿妹家里的情况，钟老师于是让保守秘密这么长时间的郑炜在班里组织一个募捐活动。

上午最后一节课是语文课，钟老师准备了好久，犹豫了好久，终于开口了：

“同学们，也许你们已经有所耳闻，阿妹同学的家里遇到了很大的困难。她平时不太爱说话，其实是有原因的。

“她的父亲在她初一时便因车祸去世了，她和她的母亲、哥哥相依为命过着艰苦的日子，她的哥哥也因家庭贫困辍学了，现在她就是她母亲和哥哥唯一的希望了。

“可是你们都不了解她，还总是排斥她。她顶着巨大的压力努力地学习，能取得今天的成绩真的很不容易。

“如今她的哥哥又住进了医院，她的母亲卖掉了家里所有值钱的东西，但还是不够。

“我今天说这些，只是希望同学们能和她成为朋友，多多帮助她，甚至可以以她为榜样，努力学习，和她共同进步！

“如果同学们有所感悟，愿意帮助我们身边这个朝夕与共的女同学，我希望大家能够为她筹集一些资金，让她的哥哥早日出院……”

钟老师的话还没有说完，阿妹的泪水已经打湿了捧在手里的语文书。同学们也沉寂下来，一个个露出了懊悔的表情。

雪倩曾经是伤害阿妹最深的，她已忍不住流下愧疚的泪水……

男孩们则大改往日对阿妹的看法，顿时对她钦佩得五体投地，纷纷朝她伸出了大拇指。阿妹顿时觉得温暖极了，周围都是阳光，都是热情的朋友。她好久没有感觉到这种大家庭里的温暖和幸福了。

等钟老师说完，同学们都向阿妹报以最热烈的掌声，有的甚至不好意思地说：“阿妹，对不起，以前都是我不好，是我们看错你了。”

阿妹感动得泪水又哗哗地落下来：“没关系，没关系！”她低着头，声音颤抖得几乎连话也说不清楚了。

中午，同学们早早地到校了。大家把平日积攒下来的零花钱全带来了。

雪倩和黎斌一个是“公主”，一个是“少爷”，他们一人捐了50元钱；郑炜的父母虽然双双下岗，但他依然凑了40元捐给了阿妹，他到底是班长，时时不忘给同学们起模范带头作用；瑞琪和吴萌还分别捐了30元。

刘轩是班上的“小气鬼”，然而今天，他却献出了宝贵的20元钱。

班主任钟老师也从他自己的工资里拿出了200元钱给阿妹，郑炜统计了一下，共有1350元。到底是“众人拾柴火焰高”，大家都没想到这次的捐款数额比以往的每一次都高。

当钟老师把这带着温度的钱交给阿妹时，她感动地哭了，那是阿妹哭得最大声的一次，但这不是伤心的泪，而是幸福的泪，快乐的泪，感动的泪。

今晚又是一个不眠之夜，阿妹按捺不住内心的喜悦，在被窝里打着电筒给母亲和哥哥写了一封长长的信。她要告诉他们她是多么的温暖，多么的幸福！更重要的是告诉哥哥那个天大的好消息，并把钱寄给他们交住院费和哥哥出门的路费。

Happy birthday to you

雪倩是个“幸运儿”，居然在澳门回归时过生日。

同学们都已纷纷进入“雨季”，只有她才步入“花季”的大门。同学们都羡慕她年龄小，无忧无虑。有几个同学每次看到她，就不禁调侃道：“老了，不中用了！”

虽然只是一句玩笑话，可大人们听到了，又会板着脸：“瞎说什么？你们老了，那我们是什么？”

每个人都不希望自己老，同学们同样不希望自己长大，谁不愿意过逍遥自在的童年呢？然而，时间一去不复返，每一次生日都预示着自己又大了一岁，又多了一份沉重，一份责任感。

可一切都由不得自己，为了报答父母的养育之恩，同学们又不得不盼望自己快快长大，早早让父母们卸下重担，好好享受下半辈子。

今天，“寿星”雪倩早早地来了。她带了几大包饼干、果冻、蛋卷、AD钙奶、巧克力……将它们分成了许多份（早自习一开始她就在忙着这个）。

第一节课是政治课，任张老师在前面满腹激情地讲着，雪倩则是充耳不闻——她把食物从各个方向传给同学们，几乎每个女孩子都得到了一份，而男孩子中只有郑炜得到了。

男同胞们都气得吹胡子瞪眼，说雪倩偏心，雪倩当然有理由啦：“他是我表哥。”于是，男孩们只有化愤怒为羡慕了。

今天阿妹是雪倩最重要的“客人”，雪倩希望借此好好改善一下两人关系。她特地准备了一袋“小王子”饼干，一袋“水晶之恋”果冻，一袋“金帝”巧克力，两瓶AD钙奶，给阿妹装了一大包。

中午放学后，同学们都出去为雪倩买礼物。阿妹从没送过别人生日礼物，于是，她叫了比较熟悉的瑞琪一起去买。

阿妹的这一举动让瑞琪又惊又喜，她发现阿妹变了好多，于是高兴地陪她去买礼物。

到了礼品店，瑞琪和阿妹眼花缭乱。瑞琪一看，全是大几十元的装饰品，她知道阿妹没那么多钱，便让阿妹买几枝鲜花。

阿妹虽然没见过世面，但她也看到过一些漂亮的礼物，不仅仅只是鲜花这么简单。

她从口袋里掏出这个星期的30元生活费，微笑着说：“我想买一个像雪倩一样可爱的布娃娃送给她，这些钱够吗？”

瑞琪顿时吓了一跳，忙说：“够了，够了！”她这时才深深地感受到阿妹是一个多么好的女孩。

吃过晚饭，同学们三三两两地回到教室，偷偷把礼物塞进雪倩的抽屉，放不下的只好堆在桌面上。教室里热闹极了，就像过节一样。那些没得到雪倩赠予的男孩们也大大方方地买了鲜花、玩偶小猪、小狗送给雪倩。雪倩的桌上、桌下、抽屉里全都堆满了礼物。

“当——”打铃了，雪倩这时才一蹦一跳地进来。她穿了一件白色风衣，一条黑色牛仔裤，一双黑色的皮鞋，似乎都是新的，简直就像个“新新人类”。

这时，同学们的目光全部聚集在她身上，男孩们更是看得眼珠都不动一下。

“Beautiful！How beautiful！”刘轩等人如此感叹。

雪倩乐滋滋地坐到位子上，一看吓了一大跳。因为她简直无“立足之地”，桌子上堆得连书的影子都看不到了。十六年来，这是她收到生日礼物最多的一次，她开心极了。

这时，瑞琪拍拍雪倩：“这是阿妹让我给你的，里面还有她给你的纸条，好好保管！”

雪倩一听惊呆了，瞪着大眼睛：“我没听错吧，这是阿妹送给我的？”

她慎重地问，双手接过阿妹的礼物，高兴地说：“这是我今天收到的最珍贵的礼物。”

她拆开精美的包装纸，里面是一个扎着两小辫的洋娃娃，和她一样可爱。

她开心地摆弄着，突然在装洋娃娃的盒子里摸到一张小纸条，她想这一定是阿妹写的，于是打开它认真地看着：

雪倩：

Happy birthday to you！

你是个很可爱很热情的女孩，有了你同学们才感到如此的快乐。

以前我们的种种不快就让它过去吧。现在我只想和你做好朋友，假如你能接受的话，那将是我的幸运。

这个布娃娃是瑞琪和我一起挑的。因为是初次买礼物，不知道你会不会喜欢，如果你喜欢就转过脸来笑一笑，我就知道了。

阿妹

雪倩只觉得心中暖烘烘的，她微笑着转过脸去，此刻阿妹也正望着她笑。

她真恨不能大声宣告："阿妹，谢谢你，我愿意和你成为永远的好朋友！"

雪倩甜甜地笑着，心中充满了感动。

中意他

澳门回归了，新世纪就要降临了，这可是同学们一直盼望着的“世纪之交”啊！畅想21世纪已经十七年了，曾经它是一个遥远的梦，但马上它就会变成现实了。

似乎这几天同学们都很兴奋，因为澳门回归了，因为圣诞节、元旦节、21世纪的到来……

为了在本世纪最后的时刻留下最珍贵的纪念，同学们纷纷买贺卡，而且上面的祝词总是一大串一大串的。

雪倩是个“败家精”，把谢霆锋、梁咏琪、陈晓东等人的专辑通通搬回了家。什么《漫画新干线》《三叶草》《一吻定情》更是着迷得一连听了好几天。她花了一百多块钱，买了六十多张卡片，寄给了小学、初中的好朋友，现在的高中同学也几乎每人得到了一张。她见人不是“Merry Christmas！”便是“Happy New Year！”，哪儿只要有她的身影，哪儿就热闹非常。

平时除了看《科幻世界》，其他一概不看的瑞琪也把20世纪最后一期《青少年文汇》《男生·女生》《少男少女》《花季·雨季》等买了回家，还有李玟、范晓萱、侯湘婷、蔡依林等的新专辑也是她的最爱。

总之，校园里到处充满了节日的氛围，许多同学还买贺卡送给自己喜爱的老师。钟老师、张老师当然收到不少贺卡，而“幽灵”恐怕只有眼红的份儿了。

听说新电影《星愿》不错，同学们不禁花费宝贵的学习时间租来看，凡是看了的同学都红肿着眼睛返回教室，这情景可谓壮观！

如此一个好日子，学校里当然也少不了晚会。

雪倩和郑炜是老搭档，钟老师本准备让他们来一次“泰坦尼克号”配音，可雪倩因为感冒嗓子坏了，不得不退出。然而，雪倩的让步却撮合了瑞琪和郑炜。

今晚，舞台上朦胧的彩色光线映照在瑞琪和郑炜的脸上。瑞琪穿了一袭红色长裙，把又长又直的黑发烫成了卷发，看起来就和“泰坦尼克号”里的露丝一样妩媚动人；郑炜特地花了一个月时间把头发留成了杰克一样的分头，并上了亮亮的定型摩丝，还穿了一套杰克式的“白色衬衫＋背带裤”，真是帅呆了。

整个过程两人都用流利动听的英语表演着，台下的同学们听得如痴如醉，看得心情澎湃。他俩成了当晚的焦点人物，一时红遍了整个校园。

瑞琪和郑炜度过了一个美好而又难忘的夜晚。然而以后的几天，他们都不断收到少男少女的情书（因为谁也不知道其实他俩就是最完美的一对）。

瑞琪经常看到一个身材高挑、穿着前卫的女孩来找郑炜。“百事通”雪倩告诉他：“她名叫余菲，是高一的文艺部部长。她善于交际，刚来便认识了不少高二、高三的男孩。听说，她刚进校便开始注意郑炜了，每次郑炜参加运动会、足球赛，她都会去加油。”

“难怪这么面熟呢？”瑞琪想着，心里有些不是滋味。

“上次的元旦汇演，她是主持人之一，清楚地看到了你和郑炜的表演。听他们班的同学说，她对你嫉妒得不得了。看来她是准备发动猛烈攻势了。”雪倩认真地说着。

我的爱为你存在

今天是20世纪的最后一天。校园里、教室里都乐翻了天。

一大早，雪倩便蹦到瑞琪的面前。

“张瑞琪！”她大声地喊瑞琪的名字。

“干吗？”瑞琪吓了一跳。

“这是本世纪我最后一次叫你，你给我好好记着!”

于是瑞琪故意打了她一下。

“你干吗打我？”雪倩又瞪着她那双美丽的大眼睛。

“这是本世纪我最后一次打你，可要好好留作纪念哟！”瑞琪笑着，以为雪倩又要还击她。

“No problem！”没想到她居然如此大度。

一上午，同学们根本没听讲。郑炜在看《体坛周报》；刘轩依然抱着武侠小说；阿妹在看余秋雨的《文化苦旅》；吴萌在看杨澜写的《凭海临风》；雪倩最放肆，边听着CD机，边用几根彩色细绳编着手链(现在正流行这个），真不知她又有什么鬼主意。

还是张老师看出了大家的心思："同学们，我了解大家的心情。其实我也很着急，我也有约会呀……"老师的话没说完，所有埋下的头全都抬了起来，目不转睛地盯着张老师，这可是大家最感兴趣的。

"可谁叫学校到这时还不放假呢，我也只得和你们一起受罪，你们以为我愿意在这儿唠叨啊？好了，不管怎么说，这是本世纪最后一节政治课了，请大家配合一下，好吗？"

今天，几乎所有的老师都说"本世纪最后一节课了"这同一句话，每每说，同学们便忍不住笑起来。只有钟老师最周到，还在后面加了一句："明天就是21世纪了，祝大家假期愉快，学习进步！"不论什么时候，他总不忘让我们好好学习。

下午最后一节课，同学们都坐着无聊，心早就飞出教室了。刘轩觉得无聊，就对前排的黎斌开起了玩笑。

只听"啪"的一声，黎斌一屁股坐到了地上，同学们刚开始吓了一跳，但看看黎斌的傻样，又忍不住笑了。

黎斌从没如此丢过脸，于是和刘轩动起手来。同学们都涌过去拉开他们，可黎斌还是拼了命地把凳子往刘轩身上砸。我想他一定是心情不好，不然是不会这么失控的。

然而，就在这时传来一个女孩的声音，“血，流血了！”同学们的目光全都投向郑炜，原来郑炜在分开他们时不经意被黎斌的凳子砸到了。瑞琪的心顿时揪紧了，看着他头上流下的鲜血，瑞琪的泪水在眼眶里打转，她多想冲到他的身边把他送到医院，但理智还是战胜了情感，她没有做出冲动的事来。

放学后，黎斌便邀瑞琪一起去医院看郑炜。他很抱歉，买了许多水果，一分钱也没让瑞琪花。

然而到了医院，瑞琪居然看到了讨厌的余菲坐在郑炜床边给他削苹果，瑞琪虽然很大度，但心里还是不怎么舒服。于是，瑞琪把水果放在窗台上，拉了黎斌便往回走。

今天晚上，瑞琪和黎斌在一起度过了本世纪的最后一天，恐怕也是最后一次他们俩单独在一起了。

黎斌的话语让瑞琪忍不住流下泪水。

“其实，我早就知道你很喜欢郑炜，而且看得出来郑炜也是挺喜欢你的。

“然而在我心中，你是我遇到的最好的女孩，我不想错过这个机会，也许事实已经证明我输给了郑炜，但我永远不会忘记你给我的美好记忆。

“我的父母已经正式在离婚协议书上签了字，法官把我判给了母亲，也许下个星期我就会跟着母亲到武汉去念书了。而我最放心不下的就是你。

“假如以后郑炜再做出今天这样的事情，你就写信告诉我，我会帮你教训他的——我的爱永远为你存在！”

看得出来，他是很认真的，这让瑞琪禁不住开始有些不舍。其实，他也是一个好男孩，瑞琪不知道为什么在郑炜和他之间会选择郑炜，但这也许就是上天的安排吧。

瑞琪真希望，黎斌以后的日子会好过，不要再这样闷闷不乐，她多想再看看他对着镜子仔细摆弄自己的发型，多想再看看他写的诗、他作的画。

然而想这些又有什么用呢？他就要走了，一切都无法挽回了……

黎斌本应是一个青春快乐的男孩，然而这破碎的家庭毁了一个男孩最宝贵的季节——“花季”，他的世界里只听得见雨声。

黎斌把他在武汉的地址给了瑞琪，让她有空了就给他写信，因为在他的心中，瑞琪是他唯一值得信任的朋友。

曾经，瑞琪以为男孩都很坚强，就像他们的外表一样，现在她才知道：男孩有时比女孩更脆弱，更需要别人的关怀。

第五章

Don't say goodbye

也许是令人感伤的日子，天公也不作美，偏偏下起大雪来。

今天是黎斌最后一次和同学们在一起了，教室的气氛很压抑。同学们纷纷送给黎斌精美的纪念品，给黎斌写留言，似乎比高三毕业更让人留恋。

瑞琪不想让彼此难过，希望以后回忆这段时光时它是美丽的。于是，她用俏皮的口吻写下了这样的话语：

斌：

真舍不得你走，要是没了你，以后我们的刊头画怎么办？要是没有你的刊头画，我们的板报一定得不了第一。

如果可能的话，Please don't say goodbye，好吗？

瑞琪

瑞琪明知最后一句话是没必要的，但她还是忍不住写下它，希望能有一线生机。

晚自习是语文，钟老师为黎斌组织了一场简单的欢送会。

窗外的雪纷纷扬扬地下着，给地面铺上了一层厚厚的白色地毯。尽管大家已经两年没见过雪了，尽管其他班的同学都在操场上打雪仗，可同学们丝毫没有心思去想这些。

瑞琪为黎斌唱了那首她最拿手的《雪人》，似乎今天唱这首歌是最合适不过的，大家听起来都别有一番感触，许多同学都忍不住流下了伤心的泪水。男孩们因为要失去一个好哥们而难过，女孩们则因为要失去一个Goodboy而黯然神伤。

刘轩特地在全班面前给黎斌道歉，还攒钱买给黎斌古龙的《小李飞刀》，并祝他成为一名“小黎诗画仙”，同学们终于忍不住笑了。

黎斌其实是最舍不得大家的。在如此一个快乐温馨的大家庭，同学们一起学习，一起生活，一起考大学，大家互相竞争而又团结如一，而他却等不到那一天了。

最后，黎斌现场为大家作了一幅“雏鹰图”。

“这幅画是我送给大家留作纪念的，希望同学们能卖力地学习，像这只雏鹰一样展翅高飞，奔向自己美好的前程。

“你们看到它，就会想起我，希望它能带给你们无穷的力量。”

黎斌的话似乎有些语无伦次，但同学们仍报以雷鸣般的掌声。

雪花依旧在空中飞舞，同学们很不情愿地把黎斌送到大门口。似乎到了最后一刻，同学们“平静”的心再也平静不下来了。

雪倩抽泣着：“黎斌，你非得走吗？”

郑炜拍拍黎斌的肩：“好兄弟，什么时候才能再见到你？”

瑞琪是今晚最伤心的，她没有勇气面对黎斌，在一旁偷偷地抹着眼泪。

同学们你一言我一语的，大约磨蹭了半个钟头，钟老师才忍不住从人墙的后面插进来。

“好了，大家都别难过了，让我们振作起来，高高兴兴地送黎斌出发吧。”

接着，他又抚摸着黎斌的头：“你在新的学校一定要好好学习，老师和同学们都盼着你的好消息……”

这时，不知是谁插了一句：

“别忘了回来看我们呀！”

于是，大家欢呼起来，一起念着这句话——“别忘了回来看我们！”

“我不会忘了你们的，我一定会回来看你们的。”黎斌说着，不情愿地和大家挥手告别。

雪越下越大，黎斌的身影渐渐在茫茫大雪中消失成一点。然而，雪地中又多了几十个迎风矗立的雪人。

一个人的精彩

学校里又响起了《朋友》这首歌，这不禁让瑞琪又想起了黎斌。黎斌走了，教室里似乎少了些什么，天气渐渐变凉，教室里也变得冷冷清清的。

令人紧张的期末考试如期而至，可教室里似乎不见紧张的氛围，也不见因即将放假而呈现的兴奋。同学们都埋着脑袋，不知在做什么。

走出考场，瑞琪的心情平静如水，百无聊赖地走在回家的路上。

曾经每次放假前，瑞琪准会拟定一个假期计划，而今天瑞琪却没有行动。

独坐于房间里，突然传来歌声《谢谢你的爱》，这不禁又勾起了她的思绪，泪水又一次在眼眶里转圈圈。

她想起了上个世纪买的那么多新专辑，翻箱倒柜终于把它们找了出来，因为考试，她好久都没听过歌了。于是，一首一首地听，一盘一盘地换。

人真的很奇怪，总是失去了才懂得珍惜。

他在的时候没能与他多说几句话，他走了又百般想念，上学时总盼着放假，放假了又觉着无聊。

Why？因为“鱼”和“熊掌”很难兼得。上学时希望有放假的悠闲、自由，放假时自由了，又盼着能人多热闹些。也许《我想去桂林》的词可以这样改一下更符合我们的心情——

我想放假

我想放假
我想放假
可是有了自由的时候
我却没伙伴

我想上学
我想上学
可是有了伙伴的时候
我却没自由

放假几天了，一直没人来找瑞琪玩，他们一定是回家乡过年去了。一个人，真觉得孤独无助。

偶然间，瑞琪想起了半年前刚考取北京电影学院导演系的姐姐。真希望一年半后瑞琪能和姐姐在同一所学校学习。她的心中又有了希望的血液在奔流，于是便到影碟屋租了许多著名的中外电影。

《魂断蓝桥》《乱世佳人》《侏罗纪公园》《异形》《我的父亲母亲》……还有最近比较流行的《决战紫禁之巅》《东京攻略》《精灵鼠小弟》……她就这样从早看到晚，几乎忘了周围的一切。

其实，一个人也很wonderful（精彩）！

甜蜜蜜

今天瑞琪正在家看着《少年英雄方世玉》，整个人乐得前仰后合，雪倩突然打来了电话，说明天郑炜父母开的“炜炜酒楼”开张，让瑞琪一起去捧场。

放假这么久了，第一次接到电话，真把瑞琪乐开了花！

今天瑞琪又见到了郑炜，他依然是那么风度翩翩，英俊潇洒。他们家开的“炜炜酒楼”挺豪华的，本准备和雪倩一起去帮忙的，一瞧到处是漂亮的女孩，她们只有做客的份儿了。

参观完了三层楼的酒店，郑炜把瑞琪和雪倩带到他的家里去玩，其实，瑞琪早就想去他家看看了，可是每次和他在一起又不好意思说出口。

郑炜的家三室两厅，很宽敞，很明亮。他的房间挺大的，一个“古董式”的书柜摆满了《电脑报》《体坛周刊》，一套德国进口音响摆在写字台旁……让瑞琪爱不释手的是写字台上那台电脑，郑炜很认真地教瑞琪玩了一个上午。

雪倩老在一旁说："你们俩看起来怎么这么般配呢？"虽然当时瑞琪很紧张，但这时想起来又觉得很开心，很甜蜜。

郑炜的父母很好，留她们吃了午餐，她们幸运地尝到了"开门红"。

下午，她们又在他房里唱了一下午卡拉OK，玩得开心极了。让瑞琪和雪倩哑然失笑的是——他的房间里居然安装的是粉红色窗帘。真没想到，一个大男孩居然偏爱粉红色，有意思！

这是21世纪的第一个农历新年，寒假过半。瑞琪所有的哥哥姐姐、舅舅舅妈们都齐聚到瑞琪家。

瑞琪有五个哥哥，一个姐姐，他们都已经上过大学了。有的在深圳电脑公司工作，有的将成为著名导演，真是让她羡慕极了。

看到他们，瑞琪觉得自己很渺小。但有他们作榜样，她又充满希望。她希望他们所拥有的她同样也能拥有，因为她是一个大大的"野心家"。不过，"野心家"也没什么不好，有目标才有动力嘛！

吃过午饭，他们"七个葫芦娃"便浩浩荡荡地去逛街、溜冰、购物。因为有四个哥哥已参加工作，他们不愁没钱花。

接着，他们又开开心心地去公园游玩。就在这时，瑞琪突然听见有人叫她的名字。转身一看是郑炜，真没想到他胆子这么大，没看到我的哥哥姐姐们都在吗？她分明看到了他们哂笑的眼神。

郑炜走后，哥哥姐姐们全缠住了瑞琪："那男孩好帅，是你的boyfriend吗?"瑞琪心里美滋滋的，但又故作镇定。

大哥说："要做你的boyfriend，一定要有我这么高的个儿！"瑞琪一看哥哥："哇噻，1.85m，太高了！他只有1.75m，还差得远了，不过他还会长的。"

二哥说："要做你的boyfriend，一定要有我这么cool！"瑞琪想："也许你挺cool，不过在我心中，只有他最cool。"

这时，姐姐也插嘴了："等我当导演了，让你们主演《新泰坦尼克号》！"瑞琪想："这倒是个不错的主意，尽管我们已经演过一回了！"

瑞琪的几个哥哥姐姐就爱开玩笑，和他们在一起瑞琪总是很快乐。

今晚，他们都没睡觉，大人们摆了两个麻将场，他们"近视一族"则围着电视看了一夜。

凌晨6:00，大人们从房间里出来，看着七个人一排明晃晃的近视眼镜，笑得不亦乐乎！大家你看我，我看你，这才发现了这一壮观景象！

我坐在这里看着时间流过

时间过得好快，转眼又要开学了。

哥哥姐姐们都陆续回家了，屋子里又只剩下瑞琪一个人，寂寞的滋味真不好受，然而时钟依然不停地“滴答滴答”。

真希望假期能重新开始，但那是不可能的事，瑞琪唯一能做的就是让自己高兴起来。

于是，瑞琪又不知不觉想起了他。“其实上学也没什么不好，这样我们就可以天天见面了！”

如此一想，上学似乎更让人期待了。

第六章

班上来了新同学

2000年2月14日，21世纪第一个情人节。

“学校真会安排时间，好好的一个情人节上什么课？”一大早来，雪倩就不满意地咕哝。

坐到座位上，突然发现了一张既熟悉又陌生的面孔，她吓了一跳：“呀！黎斌，你怎么回来了？”

这一叫，同学们的目光全部转向坐在最后一排“熟悉的陌生人”。他有着和郑炜一样高挑的身材，有着和黎斌一样迷人的双眼，亮亮的眼睛很聚光。乍看起来像一个明星柏原崇。

他穿着一套黑色西服，一双擦得发光的黑色皮鞋；乌黑的头发在日光灯的照耀下显得格外地有光泽；他的眉毛很浓很黑，像化过妆似的；长长的睫毛微微上翘，看起来很可爱，他几乎聚集了全班男生的优点，同学们都看呆了。

“呀，是‘黑马王子’来了，How cool！”雪倩的叫声把同学们从美梦中唤醒，教室里瞬间的凝固又恢复成原样。

女孩们因为一个更cool的boy的到来而快乐无比，兴奋让她们的脸上绽开了一朵朵鲜花；男孩们则因队伍的恢复而激动无比，兴奋让他们忍不住和他打起招呼来。

而这个男孩似乎很老实，一脸严肃的表情，让人着迷又让人有些胆怯。

瑞琪因为“新黎斌”的到来而暗自高兴，雪倩则大大方方地传给了新同学一张小纸条：

A What's your name?

B How old are you?

C Where are you from?

D Do you have girlfriend?

待续！

林雪倩

雪倩真是大胆，新同学刚来，就问如此深入的问题，但新同学却因此露出了笑脸，他忙拿起笔来一口气写完了它。

雪倩：

A My name is Liu Xinyu.

B I'm 15 years old.

C Wuhan.

D No！ I'm a pure boy！

Give You： You are a lovely girl！

Let us make friends，ok?

待续！

刘欣宇

也许是雪倩一连串的尖叫引起了他的注意，他也似乎对雪倩产生了好感。

雪倩收到回信，吓了一大跳：

“Oh！ My dear！ 他居然叫‘流星雨’。”

“Oh！ My dear！ 他居然比我还小。”

“Oh！ My dear！ 他居然如此臭美。”

……

雪倩一个接一个的惊叹号，把周围的同学全都逗乐了。

就在这时，钟老师走了进来。教室里一眨眼工夫便由喧闹声转变成朗朗的读书声。

钟老师微笑着走上讲台。

“同学们，今天我们班上来了个新同学，他叫刘欣宇，‘欣’是欣欣向荣的‘欣’，‘宇’是宇宙的

‘宇’。请大家用热烈的掌声欢迎他的到来！”

同学们拼了命地鼓掌，似乎特别开心。

这时，“流星雨”也大胆地站了起来：

“大家好！以后我就要和大家共同度过剩下的高中时光，希望大家能够多多指教。”

“他的普通话说得真好听。”“流星雨”刚说完，雪倩便赞扬道。

钟老师走后，大胆的雪倩便搬着凳子坐到“流星雨”的身边。

“你好，欣宇小弟，我想和你做个朋友。”说着，便递给他一个大奶油夹心巧克力。

“谢谢，这是情人节的礼物吧。”“流星雨”似乎很爱开玩笑。

“你想得美，这只是姐姐给弟弟的见面礼。”雪倩也随便起来。

他俩一见如故，就像老朋友似的。

“告诉你，我们班有好几对了。”

“真的吗？这么多！”

“你瞧，那个头发漂亮得可以做洗发水广告的女生，她叫张瑞琪，是我们班的大美女。不过，你别打她的主意，她可是我表哥的。”

“你表哥是谁？”

“就是我们的monitor，大家都佩服他。”

“Really？真有意思。”

“他可是我们学校的头号帅哥，‘白马王子’，追他的女孩堆成堆。”

“是吗？那不正和我相反吗？”

“What？你真臭美，你真以为你是‘黑马王子’啊！”

“Sure！”

“‘黑马王子’，你觉得他俩相配吗？”雪倩突然学着可爱的小动物的声音说。

“天生一对，地造一双。”“黑马王子”伸出大拇指给予很高的评价。

“还有那个正在打呼噜的卷毛头，他叫刘轩，是我们班的‘瞌睡大王’+‘飞毛腿’”。

“难道他没有girlfriend吗？今天也睡得着！”

“当然有！他暗恋吴萌，这是全班皆知的。不过，吴萌可是个好学生，她从未为之动摇过。”

“是个‘女强人’吧！”

“你真聪明，她是我们班的副班长，学校的优秀播音员，口才可好了！”

……

就这样，“黑马王子”通过雪倩认识了班里不少的同学，也了解了不少班里的“风土人情”。看来，雪倩蛮适合当导游的。

第一节课是政治课，同学们凳子还没坐热，就见雪倩兴冲冲地跑进来：

“好消息！好消息！张老师今天穿了一套新西装，打着一条新领带，他的分头越来越Cool了，看来他是准备约会去！”

“真的吗？”同学们疲惫的眼神中突然有了光亮。

“快坐好！说曹操曹操就到！”雪倩赶紧说了一句，就跳到座位上去了。

张老师满面春风地跨上了讲台。只听见有人说：“张老师越来越帅了，越长越像‘四大天王’了。”

“同学们，新年过得快乐吗？”张老师似乎想用自己的激情带动同学们的积极性，他知道大家在寒假一定玩得很累。

“不快乐！”同学们异口同声。

“那今天呢？”张老师露出迷人的微笑。

“快乐！”

“Why？”第一次在政治课上听老师说英文。

“因为今天是情人节”“因为班上来了新同学”“因为张老师恋爱顺利”……

同学们七嘴八舌，吵得整个教室谁也听不见谁究竟在说什么。

不知是为了烘托节日的气氛，还是广播室的工作人员心血来潮，一大早，《婚礼进行曲》便回荡在校园里的每一个角落。

雪倩问“黑马王子”：“这是什么曲子？”

“黑马王子”说：“这是哀乐！”

“你真是见识浅陋，连《婚礼进行曲》都没听过。”

“是你见识浅陋才对，因为‘婚姻是爱情的坟墓’。”

如此一说，令雪倩刮目相看：“哟！没想到你小小年纪，居然见解如此深刻，‘本宫’佩服佩服！”说着，便双手握拳在胸前晃了晃。

中午和晚上是“点歌台”节目，许多男孩子都纷纷为心爱的女孩点歌。诸如《My heart will go on》《爱你就等于爱自己》《你爱我吗》……给校园里增加了不少浪漫的氛围，吴萌作为主持简直忙得不可开交。

刘轩征求了各位室友的意见，准备为吴萌点一首《你是风儿我是沙》，不料被吴萌亲自删掉了，他的情人节真是悲惨。

郑炜今天像做贼似的溜进了花店，把一束火红的玫瑰藏在衣服里带回了教室，直到晚上放学才好意思拿出来。瑞琪是第一次收到郑炜的礼物，这束鲜花对她来说分外珍贵，她也明白了其中的含义。

突然想起你

今天是余菲的生日。因为下午放假，中午一放学她便跑到楼上来找郑炜。

“郑炜，今天是我的生日，我知道你们家的‘炜炜酒楼’刚开张，我想到那儿去吃顿饭，可以吗？”

郑炜心里不愿意，但对于一个女孩子，他也不好拒绝。

“只要你有钱，你就去吧。”郑炜的态度有些冷淡。

余菲才不管那么多，甩着一束马尾辫拉着郑炜就往楼下走。

吃过午饭，瑞琪突然想到郑炜家玩电脑，她本想叫雪倩一块儿去，可又怕她多嘴，只好自己壮着胆子跑到郑炜家。

气喘吁吁地上了楼，她感觉心跳得越来越厉害，好几次手指放在门铃上又缩了回来。

她正想平静心情，使劲按下门铃，楼梯间却传来郑炜和一个女孩的声音，她慌忙躲开，想看看那女孩究竟是谁。

慢慢地，一个穿着红色毛衣，扎着红头绳的漂亮女孩映入她的眼帘。“好面熟啊，像是在哪儿见过？”瑞琪屏住呼吸，默默地想着。

“余菲！”突然一个名字在她的脑中回荡，瑞琪的心中生出了一丝不快。

看着他俩有说有笑地进了门，瑞琪原本兴奋、紧张、高兴的心情一下子全没了，泪水在她的眼眶转着圈圈。

瑞琪待了会儿，便擦干泪水向楼下奔去。

下午，瑞琪独自在家，闷闷不乐。突然，她的视线落到写字台上的一张小纸条上，她好奇地拿起来，令她惊喜的是这是黎斌的地址。

于是，她拿出漂亮的信纸开始给黎斌写信。

黎斌：

你好吗？

你走了一个多月了，现在才想起要给你写信，希望你在那边能过得快乐些，有什么新的进展请来信告诉我。

其实，我本不想让你为我担心，但是只有你能了解我的心情。今天，我又看见他们在一起了，我不知道该怎么办。

情人节那天郑炜还送给我一束玫瑰花，我不相信他会变得这么快！我只是心里难受，想找人说说话，听我说完了，我的心情就会好的，你也别在意，看完了就忘掉它。

对了，我还有一个好消息要告诉你，我们班来了一个新同学，名叫刘欣宇，他长得可像你了。第一天来，同学们就给他起了‘流星雨’‘黑马王子’两个绰号。他很小，只有十五岁，同学们都拿他当弟弟看；他挺逗的，简直像个不懂事的小孩子。

好了，一切尽在不言中，我得上学去了，下次再多写点儿！

友：瑞琪

2000年2月20日

古巴自由城

一大早，林雪倩又在叽叽喳喳：“听说钟老师住院去了。”

“真的吗？太好了！”同学们似乎很高兴。

“平时钟老师总爱唠唠叨叨的，像妈妈一样，这下可清静了。”有人幸灾乐祸。

“听说结过婚的男人就是这样婆婆妈妈，你以后也会变成这样的。”刘轩应和着。

“真希望他不要再回来，害得我书也看不成。”雪倩如是说。

钟老师就这样连再见也来不及说就走了，也不知道他究竟得了什么病，要住多久。

似乎今天同学们玩得比往日都疯狂。

中午，雪倩买来了一个小水枪，整个午休时间，她一直充当着“洒水车”。

“洒水车”并不是为民服务，帮同学们浇水消尘，而是帮同学们“洗衣服”“洗头发”……

最先受到攻击的是熟睡中的刘轩，他的衣服、头发全打湿了，却还“不知觉醒”，边流口水边做“白日梦”，同学们都笑傻了，推了他半天他也不醒。

雪倩觉得没意思，又把目标转向“流星雨”。哪知“一击即中”，“流星雨”站起来便夺走了雪倩的水枪，雪倩吓得到处躲藏。

雪倩所到之处，同学们都得跟她一起享受“雨中风情”。正值冬春交替之际，同学们打了个寒战全都冷醒了。

郑炜忙去拦截他俩——也许是耐不住严寒，刘轩也醒了。他一瞧自己成了“落汤鸡”，便气急败坏地向雪倩奔去。

雪倩是个“小机灵鬼”，溜了出去却搬来个“超级大水枪”，里面可以容纳一个热水瓶的水，这下可把刘轩、“流星雨”吓得到处乱窜，最后只好溜到教室外面。

郑炜不畏艰险，接过“流星雨”的“微型手枪”便要和雪倩进行殊死搏斗。

“表妹，别闹了，同学们还得午休呢！”郑炜先用软计。

“表哥，你别以为喊得这么亲热，我就不攻击你了，看枪。”雪倩说完，不客气地击得郑炜满头都是水花，瑞琪在一旁看了又生气又心疼。

“表妹，你太淘气了吧，简直像个‘母夜叉’，以后怎么嫁得出去。”郑炜感叹道。

“不用你管，我要做个‘单身贵族’……除非刘德华、谢霆锋愿意娶我！”雪倩如此回答，把同学们吓了一跳，但又忍不住笑起来。

这时，刘轩、“流星雨”从厕所里提了一大桶水来，忙叫郑炜去灌，于是三个人形成了统一战线。

“雪倩，小心啊！”阿妹指着那桶水。

这时，雪倩便跑到阿妹那里借了一滴黑墨水，郑炜则略差一筹，借了一些茶水在灌。

“表妹，我要请你喝茶了。”郑炜高兴地反击着。

“表哥对不起了，你说我太淘气，我也不客气啦！”雪倩乐得笑作一团。

一眨眼，三个“靓仔”全变成了“黑色幽魂”，同学们趴在桌子上笑得再也爬不起来了，三个人相互对望，你指着我，我指着你笑得更难看了。

“熊猫！狗熊……”雪倩又是蹦又是跳，“你们还满意这个新造型吧！”

三个爱美的小伙子恍然大悟，吓得赶紧遮住脸，往厕所里跑。

平时同学们睡不好午觉总会不耐烦，可今天似乎都玩得挺开心，也许是因为班主任不在，没有了顾虑。

晚自习，大家又到图书室、书店借了一大堆书来，准备晚自习好好放松放松。

第一节晚自习是做作业时间，可抽屉里的书让同学们心里痒痒，于是同学们采取分工合作，一个人做一科，然后互相传抄。刘轩干脆什么都不做，早把《笑傲江湖》抱出来了，因为听说要拍电视剧了，他得赶紧在拍出来之前把它看完。

雪倩则听着CD机，阿妹做完一科她便抄一科，比公主还悠闲自在。

“流星雨”做作业很快，像个“小神童”，他没借什么书，闲着没事。

这时，他看见了正优哉游哉的雪倩，于是生出一条妙计，他撕了几张便笺纸，在上面写道：

“哈罗！我叫林雪倩，我有一双大眼睛，我最漂亮，我是‘超级自恋狂’！”

“流星雨”把纸条偷偷贴在雪倩的背上，接着又告诉周围的同学，大家都开心地笑了。只有雪倩戴着耳机什么也听不到，眼睛又盯着本子拼命地抄着。真是“两耳不闻窗外事，一心只抄圣贤书”。

雪倩的新同桌阿妹察觉到不对劲，于是把雪倩全身上下打量了一遍，最终找到了雪倩背上的纸条并撕下来给了她。

雪倩气得脸变得通红，她撕了一张特大型的便笺纸，在上面画了一个大王八。

“流星雨”则卷土重来，画了许多小王八，偷偷贴在正专心画画的雪倩身上。

雪倩则扔了个纸条，让坐在“流星雨”后面的吴萌贴在他的背上。于是，“流星雨”和雪倩看着偷袭成功，各自偷笑着。而同学们则因教室里生了这么多“王八”而失笑。

雪倩拉了一些群众看“流星雨”多么可笑，“流星雨”则拉了一些群众看雪倩多么可笑。同学们笑着，其实是在笑他俩都傻乎乎的，自作聪明，然而他俩依然没有察觉。

纸条成了同学们最青睐的沟通工具。同一时间，许多纸条兵分各路传播开来。

“××，把你的数学作业借我COPY一下。”“××，把你的英语作业借我看一下……”“抄”就“抄”，可同学们却喜欢含蓄的说法。

教室里“交通”顺畅，简直比架了几层立交桥还管用。

下课了，教室里更加热闹。收作业的、打闹的……三五成群，比过节还嘈杂。郑炜也借了个单放机，正投入地唱着情歌，可瑞琪却越听越难受。

“流星雨”和雪倩都到走廊上玩去了。

雪倩所到之处，同学们纷纷询问：“你很崇拜‘王八’吧，干吗背着它游行？”

雪倩一瞧，气煞她也。

“流星雨”所到之处，同学们也纷纷打听：“你什么时候学会孵蛋了，生了这么多‘龟宝宝’？”

“流星雨”一听怒火冲天，把“小王八”五马分尸，真是个残忍的“龟爸爸”。

对面的男孩看过来

今天瑞琪收到了黎斌的来信，真是高兴极了。信是这样写的：

瑞琪：

你好！收到你的来信我太高兴了。

至于郑炜和余菲，那一定是个误会，你别放在心上，我相信郑炜对你是真心的。

又听说你们班来了个“小黎斌”，我惊喜之余更想见他一面。假如有机会我回来了，你就帮我引见一下。如果他真的像我，那你们不就又可以和我天天在一起了吗？那多好！

信中你还关心我现在的情况。告诉你，我现在过得很快乐，我在武汉一所重点中学读美术班，正向着我的理想前进。你就等着一位大画家诞生吧！

至于我妈妈，她现在很关心我，把我照顾得无微不至，一切你都可以放心了。我现在就像换了个人似的，假如你见到我，一定会认不出我的。

唯一让我牵挂的是我的父亲，没有了父爱滋味挺不好受的。我现在总算理解阿妹了！假如你有时间的话，就代我去向他问好，拜托了。

All the Best!

Your good friend

Li Bin

今天是“三八”妇女节。一大早，张老师就乐呵呵地走进教室。

“今天是妇女节，我祝在座的所有女生节日快乐！”

他一说完，女同学心里就很不舒服。妇女节？我们的节日怎么可能呢！难道我们已经这么老了吗？女生们有一种想哭的冲动。

男孩子则在一旁幸灾乐祸，“‘妇女节’，我怎么看她们也不像是妇女啊！”

是啊！大家还准备过六一儿童节呢，怎么可能像妇女？大家从来就没觉得自己已经长大了。

下午打扫卫生，郑炜一个女生也没叫，全部由男生来干，口口声声说今天是妇女节，让“男士优先”。弄得女生们哭笑不得。

雪倩则像个大小姐似的，坐在椅子上一动也不动，还跷着二郎腿："这边，这边。"

郑炜则显得特有风范，给雪倩周边打扫了个干净。

"表哥，看不出来了，你还是个模丈（模范丈夫）了！"雪倩的话语把同学们全逗乐了。

过节当然少不了鲜花。寝室里、教室里到处姹紫嫣红，充满着花的清香。

住读生都提前给家里发了"慰问信"，有的用电波传送感情；走读生则买了化妆品、康乃馨亲手交给母亲——这不由得让父亲们"嫉妒"！

晚自习同学们刚进入"角色"，"流星雨"便拿着鲜花冲了进来，同学们都吓了一跳，忙收拾"道具"。一见是"流星雨"，同学们深深舒了一口气。

只见"流星雨"把那束红色的鲜花放到了雪倩的桌子上，教室里顿时沸腾起来，笑声、掌声响作一团。

第一次看见雪倩的脸羞得通红，忙把花塞进抽屉里，然后反击：

"鼓什么掌？笑什么啊？这是我让他帮我带的，送给妈妈的，有什么好笑的？"

但同学们似乎笑得更热烈了。

今天是妈妈四十三岁生日，十六年来瑞琪第一次有了给妈妈送礼物的冲动。

晚自习放学，瑞琪便去定做了一个精致的生日蛋糕，上面写着："妈妈，祝你幸福、快乐！"还配有一束五颜六色的康乃馨。

瑞琪抱着满心的期待蹦蹦跳跳的回了家。

一进门，瑞琪便把花送到妈妈面前："妈妈，祝你节日快乐！"又把蛋糕送到妈妈的面前："妈妈，祝你生日快乐！"

妈妈笑了笑，就把东西搁在了茶几上。

瑞琪本以为妈妈第一次收到她的礼物会感动得泪流满面，可是她只看了一眼，又到厨房里去了，瑞琪心里有些委屈。

"妈妈，难道你不喜欢吗？"瑞琪不开心地问。

"喜欢！"妈妈的话语几乎是敷衍。

"妈妈，这可是我特地为你定做的，爸爸想要还没有呢。"瑞琪喊着，想引起妈妈的注意，可妈妈在厨房里做饭，根本没理她。不知道为什么，她的心总容易受到伤害，几大滴泪又落到了地上。

瑞琪很不开心地冲进了房间，趴在床上哭起来。

哭着哭着，她突然听到了一首旋律熟悉动听的曲子："我爱你，是多么清楚，多么坚固的信仰。我爱你，是多么温暖，多么勇敢的力量……"

她听得入神了，觉得这歌就像是在她身旁唱的，好近好近。

于是，她爬起来拉开窗帘，想看看究竟是从哪个窗口传来的。

令她惊讶的是，在一个阳台后面她看到了一个熟悉的窗帘，是那个独有的粉红色的窗帘，里面透着淡淡的白色灯光，真是温馨极了。

“这不是郑炜的房间吗？”她想着，心中掠过一丝喜悦。

“一定是的，只有他才有粉红色窗帘。”她心中的喜悦迅速占据了上风，刚才的不开心全没了。

“真没想到，他居然和我住这么近，怎么一直没注意呢。难道除了炜炜酒楼，这里还有他们家住所？”她高兴地想着，可又怕那不是郑炜的家，空欢喜一场。

就在这时，阳台上的门打开了，是他！就是他！那套蓝色牛仔套装她认得，那由站头改成的分头她也认得，那独有的迷人的笑脸她更是印象深刻……他两手扶在阳台上仰望天空，那姿势帅极了——她深深地陶醉在这突如其来的幸福之中。

接着，他扭过头向瑞琪这儿看过来。还好瑞琪没开灯，他看不见她。可是他那专注的眼神似乎真的有个人站在这儿似的。瑞琪多想再看一眼，可是他那逼人的眼神让她的心几乎跳出来。瑞琪拉下窗帘，出了房间。

这时，爸爸回来了。他给瑞琪买了一袋果冻，可不见他给妈妈买什么。Why？瑞琪想着，难道是爸爸不爱妈妈了吗？为什么在妈妈生日兼节日之际也不送东西给她了，反而给她买了那么多零食。

“她爸，快来帮忙！”只见妈妈端了一盆香喷喷的乌鸡火锅从热烘烘的厨房里出来了，那沉重的火锅让妈妈走路都颤巍巍的。

爸爸忙去帮忙，妈妈则艰难地直起身子，捶捶背，额上的汗珠一直滚进她的脖颈里。她望着瑞琪笑着说：“琪琪，等一会儿就可以吃饭了，你要是饿了，就先切蛋糕吃吧！”

妈妈的语气似乎根本不知道瑞琪生气过、哭过，还对她那么好。瑞琪感动的泪水又在眼眶里转着圈圈。“妈妈，我不饿，待会儿我们一块儿吃蛋糕。”瑞琪强装着笑脸，心里却觉得对不起妈妈，连她过生日，也要亲自下厨，而她一点儿忙也帮不上。因为平常根本没工夫练习，她暗暗发誓，等她长大了，她第一件事就是要学会做饭，做给妈妈吃。

终于开饭了，爸爸、妈妈把鸡腿全夹到瑞琪的碗里。平时她都吃惯了，他们夹什么她就吃什么。似乎今天瑞琪才注意到，原来她吃的全是好东西，而爸爸妈妈主动啃起了少肉的鸡爪。她的心里很感动，她终于知道，爸爸妈妈的心全向着她，他们根本不需要什么礼物，他们需要的只是她成才，她将来能幸福。

“爸、妈，你们也吃啊！”瑞琪不好意思地看着他们碗里的骨头。她知道，就算她把鸡腿、鸡翅夹给他们，他们还是会给她留着的。

这一刻，她多么盼望她能快快长大、快快工作赚钱，用她自己的钱带父母吃美味佳肴，到那时，他们是绝不会拒绝的。

第七章

猫捉老鼠的游戏

开学才一个月，张老师又要单元测验。这可把疯玩的同学们吓傻了。阿妹一点儿也不着急，因为她平时一直学得很扎实；同桌雪倩可就不一样了，她上课没听过，这次全靠阿妹帮忙了。

“待会儿给我飞鸽传书！”雪倩找到了“救兵”，又跑出去玩乐了。

刘轩刚编到第一排坐，在老师眼皮底下，就算是“神偷”，考起试来也有些困难。“完了，完了，这下没救了。”刘轩急得团团转。

“等会儿把选择题答案借我对一下！”“流星雨”不慌不忙地对后排的瑞琪说。

瑞琪是个认真的女孩，从张老师发布消息到现在，她的政治书一直没离开过视线。

第二节晚自习的铃还没响，敬业的张老师已站到了讲台上：

“同学们，请把书和资料全放进抽屉里。”

这时，教室里一阵骚乱，有人忙把《教与学》的答案铺在桌子上，有人则把书对准了桌面上的窟窿……

卷子发下来了，同学们只好埋头艰难地做着。

“考、考、考，什么时候我们才能不考啊？我简直快成‘烤乳猪’了！”有人埋怨着。

“谁叫我们现在只是‘游戏参赛者’呢！等着别人来‘修改游戏规则’，那几乎是妄想！”另一个人说。

“看来只有靠我们了，到我们长大后，想必在我们指挥下‘做游戏’的孩子们一定不用那么苦、那么累！”那个同学接着说。

“可是那还有多少年啊？我们还是得先面对现实，跨过这个‘鸿沟’再说吧！”另一个同学接着说。

……

张老师在上面悠闲地翘着二郎腿，读着报纸上的新闻——到底是政治老师。

同学们也关心时事，他们也多想抢来看看，可还是得先考完试才行，这也许是煎熬，但大家却似乎挺开心。

“流星雨”、瑞琪、雪倩、阿妹坐得近，他们实行分工合作。一个人做单选，一个人做多选，一个人做简答、材料分析题，一个人做辨析题，半个小时以后再互相传抄，这样轻松又快捷。

刘轩在前排傻愣着，看看张老师，又看看事先沟通过的郑炜。可郑炜选择题都还没做完呢，他也只好先趴下来睡一会儿觉，因为他的座右铭是“身体是革命的本钱，睡觉是身体的本钱”，真不愧为“瞌睡大王”。

因为张老师搞的是“突然袭击”，同学们事先没做准备，就连吴萌也只好“自力更生”，做一会儿又低头翻翻书，忙得不亦乐乎。

今天几乎所有的人都在作弊，包括班长在内。加上张老师几乎是心不在焉的，同学们一切进展得很顺利。

俗话说，“最危险的地方就是最安全的地方”。今天，似乎每一个地方都很“危险”。坐在老师眼皮底下的，正把书搂在怀里抄；坐在窗户旁边的，则边看桌子下面边盯着玻璃窗，因为从这儿可以反射老师的一举一动，一旦有情况就可以通知周围的“同党”。

就在这时，一个脑袋在窗前晃了晃，同学们吓得毛骨悚然。忙把书往抽屉里送，以为又是“幽灵”来了，大家都心跳加速。

哪知，“幽灵”变成了年轻漂亮的姐姐，正站在门边向张老师招手。张老师眼睛一亮就快步走了出去，同学们都咯咯地笑了。

“这是张老师的女朋友吧？真好看！”雪倩踮起脚

伸长了脖子望着。

好奇的同学忍不住站起来趴在窗户上偷窥，“视分数为生命”的同学则趁机左瞄瞄右瞧瞧，把空全填满了，真是“得来全不费工夫”。

突然有人喊：“老师来了，老师来了！”一秒钟之内同学们恢复了原状。

这时，钟老师受张老师所托来监考，他站在门口笑着说：“我刚到门口，就听见有人喊，‘猫来了，猫来了’，我不是猫，你们也不是老鼠，何必玩这把戏……”

没等老师说完，同学已忍俊不禁了。刘轩则乘虚而入，抓过郑炜的卷子便哗哗地抄起来；雪倩等几位同学干完了活，又开始进行其他的“秘密活动”了。

“听说热恋中的人智商都会降低许多，不用担心他……”雪倩向周围的同学传授着经验。

爱是一种坏东西

早上课间操，阿妹和雪倩手拉着手下楼梯。人很多，行进速度像蜗牛爬行。

雪倩说："这时候，咱们得发扬钻的精神。"

于是两人拼命往前挤。阿妹的个子小，一下就钻到了前面。由于人多转不过身，她只好在身后摸雪倩的手。终于，她抓到了一只手就又开始钻，可是那手使劲往后拽，怎么也不听使唤。来到楼下，阿妹转过身便说："你干吗拽我呀？……"

不看不知道，一看吓一跳！原来那手的主人不是雪倩，而是个又矮又胖的男生。

"难怪摸起来没雪倩的手舒服，原来……"阿妹心里想着，不好意思地冲他笑笑。

那男孩没说什么，只是眼睛在发光，他也冲她笑了笑，又摇了摇头。

这时，雪倩从人群中跳了出来，看到阿妹和一个男孩在一起，她又不怀好意地跳了过去。

“哈哈！阿妹，你在干吗？我要抓活的了。”雪倩说。

阿妹一听，才忙回过神来，“你说什么呀，咱们快走吧！”阿妹拽着雪倩的手就往操场飞奔，她知道这次不会错了。

那男孩却还一动不动地站在那儿，眺望着阿妹远去的背影。

“多么活泼可爱的女孩啊！”男孩想着。

下午第四节课是文学社活动课，瑞琪和阿妹早早地便跑到综合楼的文学教室。

阿妹偏偏这时想上厕所。她刚要出门，只见一个长得壮壮的男孩迎面跑来，阿妹来不及躲闪，他俩便在门口“热情相拥”，瑞琪见了不禁笑了。

阿妹这才反应过来，忙往后退一步：“对不起！对不起！”阿妹低着头，脸一瞬间变得通红。

“没关系！没关系！”男孩也不好意思地笑着。

阿妹微微抬起了头，同一时间，男孩也正呆呆地望着她。等到两人的目光相聚在一起，整个世界都几乎凝固了。男孩的眼睛很亮，发着光：“我们真是有缘！这也许就是天意吧！”他想着。阿妹的目光则很惊讶，“太巧了吧？今天老撞上他！”阿妹想着。

她才不管那么多，甩开男孩专注的眼神就又往厕所飞奔。

“气死我了，要撞也不找个Cool boy来，真丢人！”

等到阿妹从厕所出来，回到教室里，瑞琪递给她一张小纸条：“这是刚才那个男生让我给你的。”

阿妹想：“一定是他想向我赔礼道歉！”于是，她漫不经心地打开它，纸条是这样写的：

如此晴朗的天气
如此清爽的日子
我们在茫茫人海中相遇

你的一笑一颦
顿时
占据了我整个心灵

我不想再去思考其他
我只坚信
今生
你就是我的唯一

阿妹一看吓了一跳，心顿时七上八下的，“怎么会这样呢？我没做什么呀。”

瑞琪想看不敢看，她只往纸上瞥了一眼，看到了那个令人惊讶的署名：“流星雨”。

“不会吧！他也叫‘流星雨’，真是糟蹋了如此好听的名字！”瑞琪想着。

这时，不远处，那男孩正痴情地往阿妹的方向望着。而在阿妹的眼里，他似乎已成了个“丑陋的妖怪”。

“恶心！这人真没水平，写这种情书！”阿妹差点儿没吐出来。

阿妹的心里像有许多怪味在翻涌，她觉得难受极了，神经也绷得紧紧的。

她本不想告诉别人的，可她是第一次遇见这种情况，她不得不请瑞琪帮忙。

瑞琪看完了信，心里也不是滋味：“这人真下流，第一次见面就说这么肉麻的话，一定不是个好东西！看他表面上老老实实的，真没想到还是个‘风流人士’，真是‘人不可貌相’啊！”

接着，瑞琪又把头转向阿妹：“阿妹，别理他！何必因为讨厌的人而让自己伤心呢？”

于是，瑞琪拉了阿妹就往教室方向跑。

一连几天，阿妹都觉得心里不踏实，她不敢再去文学社，她讨厌看到那恶心的目光。

告别快乐园

钟老师走了，英语老师又有事，班上一下来了两个新老师，一个语文老师，另一个是任临时班主任的英语老师。英语老师姓韩，长得有点胖，“猪八戒”式的脸蛋加上一个“如来佛祖”的肚皮，真有个性！

韩老师很怪，他总希望一个问题提出后，同学们全都四脚朝天——满是手。然而，如今的中学生有着青春期的懵懂和羞涩，他们有自己的顾虑和想法。

韩老师的头发像“烧过的森林”——黑白分明，他的嗓音嘶哑。每次上他的课，总有个别同学忍不住把耳朵堵住，可这样一来，韩老师一定又会大发雷霆，整个教室不得安宁。

今天最后两节课是英语课，教室里再也没有从前的轻松气氛，同学们都正苦着脸！

就在这时，只听一个声音说道：“安静！”同学们条件反射性地抖了一下，胆小的阿妹吓得把笔都抖掉了。

其实教室里已经够安静了，和以前相比，那简直是天壤之别，可韩老师要求苛刻，非得像晚上睡觉一样安静才行。

韩老师春风得意地走上讲台，“Good morning everyone！”

“Good morning teacher！”

同学们懒洋洋地喊着，五十几个人的声音听起来就像十几个人似的。

“你们都没吃饭吗？喊这么点声音。”

“是的。”有人小声说。

“再来一遍！”“Good morning everyone！”

“Good morning teacher！”这次听起来音量总算增加了一倍。

“不行！只要有一个人还没发声，就不准坐下。”韩老师的语气变得更严厉了。

同学们心里不舒服，送给他一个又一个的白眼，而他是近视眼，全然没发现。

“Good morning everybody！”他依然等待着同学们的朝气蓬勃、激情万丈。

“Good morning teacher！”同学们终于异口同声地回答。

“Please sit down！”韩老师终于笑了。

然而，同学们早已做好了“课前准备”，一坐下便开始了“地下工作”。一眨眼工夫头全部埋下了。

“高贵的先生们、女士们，请看黑板！”韩老师出人意料的幽默把大家全逗乐了。

头是抬起来了，却无人举手回答问题，韩老师又急了，“Please open your gold mouths！”

同学们一听，全愣了。

“这句话是什么意思，怎么从来没听过。”

“请开金口！”韩老师笑着说。

但这么一说，韩老师恐怕是要彻底失望了。因为在这个团结大家庭里，没有人会说自己是金口，没人会自高自大，脱离群众。除非让所有的同学一起回答，拥有同样的“金口”。

晚自习是语文，新来的老师似乎不怎么管大家。同学们依然可以像从前一样，在语文晚自习上把课外书看个够。

瑞琪又买了新一期的《科幻世界》；雪倩则借来了《当代歌坛》；阿妹心情不好，正看着《苔丝》；“流星雨”买了一本《花季·雨季》正看得乐呵呵的……几乎所有的人都在行动。

阿妹、雪倩、“流星雨”、瑞琪新编到窗户旁边，这让他们很不放心，边看着最爱，边盯着窗口，生怕“窗子里的脸”又出现了。

“坐在这儿真没安全感……”“流星雨”望着窗外说。周围的同学刚想笑，便看见“幽灵”的电光突然照射在他的脸上。大家惊呆了，忙把书往抽屉里送，还一边喊着：“‘幽灵’来了，‘幽灵’来了！”

信号传到，同学们全换成语文书装模作样地看着。阿妹在想心事，根本没听见，她依然翻开着有彩画的那一页发着呆。

终于，电光扫射完毕。门开了，“幽灵”用他那“人不知，鬼不觉”的脚步飘进了教室。

最终，他停在了雪倩的身旁。

“我没做什么呀，他干吗老盯着我呢？”雪倩想着，心跳加速，以为“幽灵”又要找她麻烦。

“这时候看语文书看得进去吗？”“幽灵”冷笑着。

“嗯。”雪倩一紧张，头点得比拨浪鼓还快。

她不敢抬头看那双“幽灵”般的眼睛，只是在心中默默祈祷着：“快走，快走。”可她的祈祷似乎很不灵，“幽灵”站在她的面前一动也不动。

突然，他的手从雪倩头上飞过，直落到同桌阿妹的桌上，然后发出了清脆而有节奏的敲击声，雪倩这才想起阿妹还在看《苔丝》，她的心顿时内疚得不得了，然而阿妹已经连人带书被“幽灵”带走了。

“怎么办，阿妹，我真是对不起你！”雪倩急死了，“不过，你也别怕，只不过是听几句难听的话，你别听进去就行了。”雪倩想帮助阿妹，可阿妹根本听不到了。

阿妹麻木地跟着“幽灵”去了他办公室。“幽灵”翻了翻书，一瞧全是些偏成人（对于他来说）的插图，顿时气不打一处来。

“你小小年纪，怎么都看这些大人们看的书呢？你懂不懂什么叫‘夏天不摘秋天的果’，要知道整天去想这些乱七八糟的东西，对学习没好处。”“幽灵”看到阿妹流下的泪水，于是换了语气：“我想你还是想上大学的，对不对？那千万不能陷入情感的旋涡啊！否则后悔就来不及了。现在趁年轻好好学习，将来有的是时间去想这些事，你说呢？”

阿妹感动极了，她第一次觉得“幽灵”并不坏。他都是为了同学们好，希望同学们能考上好的大学，才说这些难听的话的。不然，他不会为大家操心得头发也变白了，皱纹也增多了。

“嗯。”阿妹真心地点着头，觉得心里好多了。

“胡主任，谢谢你！”因为“幽灵”听惯了，阿妹想了半天才把“幽灵”的姓给记起来。

“不用谢，一定要好好学习，只有考上大学你才能走出去，知道吗？”“幽灵”把书还给了阿妹，语重心长地说。

阿妹坚定地点了点头，全身充满着无穷的力量。她发现自己对“幽灵”改观了，他真好！她开心地想着。

然而，教室里此刻正闹得火热，因为阿妹还没回来，他们知道“幽灵”一时不会来。

“流星雨”很有闲情逸致，拿出随身携带的kitty镜认真地梳理着头发（这一点和黎斌很相像），还笑眯眯地自我陶醉着。

就在这时，镜子里突然出现了两个亮点，是日光灯在一副眼镜上的反光。那副眼镜后面是一双比“幽灵”的眼睛还大的圆溜溜的眼睛，“流星雨”吓得把镜子都差点儿扔了。他已忘了要传达的消息，只顾着埋着头装模作样地看起书来。

“一定是‘幽灵’的爹来了，真吓人。”“流星雨”想着，全身发热，头直发晕。

终于，门“吱”地开了，“幽灵的爹”几乎是飞进来的。同学们已来不及收书，像被人点了穴似的定住不动了。他们只能在心中期待神灵的保佑。

这时，大家才看清楚，原来是韩老师。他疑神疑鬼地绕着教室走了一圈，把瑞琪的《科幻世界》、吴萌的

《青年文摘》、刘轩的《白发魔女传》全收走了。

接着，他又站到讲台上，用那独有的嘶哑的嗓音说："等你们的班主任回来了，我会把这些书交给他，但如果你们期中考试考好了，我可以提前还给你们。"

同学们对韩老师的话窃窃私语。"你们别吵了，简直是噪音，真不知杀死了我多少脑细胞！"雪倩嘀咕着，恨不能把耳朵堵上。

瑞琪、吴萌这时心里最难受——这都是她们刚买的新书，还没翻几页便被韩老师无情地没收了，真让两个女孩子有想哭的冲动。

刘轩已经想好准备几十块钱还给书店了。

"我看了一下名次表，这些同学的成绩都不怎么好……"一句未完，下面同学们便闹开了……

"吴萌前三名，瑞琪第十名，这成绩还不好啊？"

韩老师继续说："而且这些书都不怎么好，对学习一点帮助也没有……"第二句未说完，同学们又开始反击……

"《青年文摘》培养作文能力，《科幻世界》培养创新思维……怎么能说不是好书呢！"

如果说韩老师的声音给人以"身体的创伤"，那么他的话语则是对人"灵魂的伤害"。

"同学们，现在既然我是你们的班主任，大家就应该听我的话，如果你们还执迷不悟，我会找个时间来一次‘大清洗活动’。要是抽屉里有课外书的，趁早带回去，否则被我搜到，一律不还！”韩老师的话像钉子一样钉在同学们心里，让人难受极了。然而大家无力反抗，只能盼着钟老师早日归来。

“钟老师，我受不了了，你到底什么时候才能回来呀？”雪倩在心中呐喊着。

我们来自火星

张老师真的在谈恋爱了，因为他情绪波动很大，有时上课也忍不住笑出声来，有时又红肿着眼睛进来。

同学们也都摸不着头脑，心情随老师的表情而不断改变，简直像演戏似的。但大家得让张老师心理平衡才行，他笑大家也笑，他哭大家则不能笑。

好在，张老师很快就稳定了情绪。

就因为这事，前几个星期考的卷子今天才发。令人惊讶的是，这次的第一名不是郑炜、吴萌或阿妹，而是不起眼的“流星雨”。

于是，同学们全缠住“流星雨”，让他请吃雪糕，可他还故意推辞：“这么冷的天，吃什么雪糕啊？”雪倩却说：“怕什么，我大年三十还啃冰淇淋呢。”“好吧，你们点吧。”“流星雨”无可奈何。“我要鸡蛋奶糕！”“我要悄悄豆！”“我要酷狗！”……大家闹开了。

等到英语课，大家一人手里拿了支雪糕，韩老师一转身，大家便大口大口地啃起来，当他转过身来时，大家则把雪糕迅速藏起来，抬起头来相视而笑，害得韩老师莫名其妙：“你们今天的精神怎么这么好？是不是‘良心发现’，想好好学习呀？”于是全班又是一阵猛笑。

也许是因为雪糕太凉，大家把肚子都吃坏了。一下课便往厕所跑，瑞琪也不例外。而“流星雨”却在一旁幸灾乐祸。

这几天，瑞琪总见那个自称“流星雨”的男孩来找阿妹，一下课便见他在窗口辛苦地观望。可东瞧西望就是找不到阿妹的身影，殊不知阿妹仅和他隔一面墙而已。

听文学社的同学说，他名叫牛星雨，是高三年级文科班的学生。成绩不错，是一个痴情的种子——也许爱好文学的男孩大都向往童话般浪漫的爱情吧。

可是，阿妹却被害惨了。本来她的心情是不错的，却偏偏收到他的第二封情书。她想把它撕掉，然后告诉他：“我看见你就恶心，你别再来缠着我了！”

然而，阿妹是个善良的女孩，她没能说出口。

但似乎那男生毫无自知之明，又接二连三地买一些巧克力糖、果冻之类的东西送给阿妹。阿妹可吃不下，全分给瑞琪和雪倩了。

至于那第二封情书，阿妹没有看，她知道看了心情又会变坏。瑞琪也不想帮她看，不然她的鸡皮疙瘩会掉一地的。

真希望他别再来了，真是无聊。

晚饭过后，大家都兴奋极了。因为教室里多了两个“天外来客”——一台25寸彩电和一个监控器，这可让大家欢喜又忧愁。

然而，好奇心仍占据上风，所有的同学都跑过去左摸摸右瞧瞧，像地球人看到外星人似的。

第一节晚自习，同学们都忍不住想看电视，可万一“幽灵”和“他爹”来了，那可麻烦大了。还是郑炜好，关键时刻他便跑出去防守，同学们都觉得和他在一起太有安全感了。

坐在教室里，五十几双眼睛全盯在崭新的电视机上，真是舒服极了。长这么大，瑞琪从没和这么多人坐在一起看电视，简直像个热闹的大家庭，温馨极了，如果郑炜也在，那就更好了。

当然，人多也有不好的时候。有人想看这个，有人想看那个，女孩要看动画片，男孩要看足球赛，大家的意见不统一，于是又闹了半天才静下来。

只听“咔嚓”一声，后面的监视器扭了一下头，一只大大的眼睛老盯着大家，活像个“独眼怪”。同学们都吓得毛骨悚然，全没了看电视的兴致，反而都盯着它看，比比究竟谁的眼睛大。

难怪今天“幽灵”到现在还没来，原来是坐在总控室看着大家呢，这下可惨了，干什么都不方便了。

这时，有人提议：“用衣服把它的眼睛蒙上，看它还看什么？”可是有人敢说，却无人敢做。

第八章

愚人节风波

清晨，早自习的铃声响起，同学们像往常一样踏着铃声进教室，然而瑞琪和雪倩却迟到了。

“还好班主任没来。”两人笑着，快速地溜进了教室。

“瑞琪，班主任让你下自习后去找他。”同桌吴萌一本正经地说。

“啊，真的吗，他来过？”瑞琪的心一下子凉了半截。

“是的，他数完人数便让我告诉你一声，你还是先做好心理准备吧。”吴萌的表情更加严肃。

同一时间，坐雪倩后面的“流星雨”拍拍雪倩：“你怎么这时才来呀，快，我有一件事要告诉你。”

“啊，什么事？”雪倩瞪着大眼睛，紧张兮兮的。

“刚才年级主任来过，他让你下自习后去他办公室。”“流星雨”认真地说。

“What？Why？”雪倩的心七上八下。

“你不知道吗？昨天上政治课，我俩都在看漫画书，年级主任通过监控器看见了，而你上晚自习时吃东西又被他瞧见了，他来找过你，可你不在，于是他让我转告你。”

雪倩半信半疑，愣了半晌，突然明白了。“噢，我想起来了！今天是四月一日，西方的愚人节，你刚才说的全是假的，你骗我的，对不对？哈哈！”

“哎呀，谁骗你了，我说的全是真的，骗你的是小狗。”

看着“流星雨”一脸严肃的表情，雪倩有些惊慌失措。

“Really？这下可完了，我该怎么办呢，被年级主任抓到准没好事，我已被抓过几次了，尽管我很勇敢，每次都笑着回来了，可我实在受不了了。他说的话不中听，批评得很严厉。老师美其名曰‘挫折教育’，可我总觉得有些过分。”

“流星雨”在一旁偷笑。

于是，瑞琪和雪倩一个早自习都闷闷不乐，难过极了。

终于，早自习的铃声响过了，她俩正准备结伴而行。这时“流星雨”和吴萌跑过来让她俩带早餐。

“我想这不可能吧，你们还是请别人带吧。”瑞琪哭丧着脸。

“你这傻冒，真信哪，我们是逗你们玩的，班主任和‘幽灵’都没来过，看把你们吓的。”吴萌说完便咯咯地笑起来。

瑞琪和雪倩一听，心中庆幸：“你们俩真该死，吓死宝宝了！”

这时，“帅哥班头”出现了，“来，我帮你们带早餐吧。”

“Thank you very much！”于是，四人兴奋地把钱一丢，便回位了。

恰巧今天上午有自习课。于是，同学们计划着一场大型的“情书风波”，哪知“害人害己”，“流星雨”代吴萌写给刘轩，雪倩代郑炜写给瑞琪……

几乎得到情书的人都乐疯了。

然而阿妹却写了一封真正的情书。她想起了那个多次给予她帮助，让她产生好感的男孩——郑炜。她深知：要摆脱一个自己不爱的人的纠缠，最好的办法是向另一个异性靠近。因为喜欢自己喜欢的人总比被自己不爱的人缠着要快乐、甜蜜得多。于是，她找雪倩要了一张漂亮的信纸和一个带着香味的信封，写道：

Dear Zheng Wei：

How are you？自从第一次和你交谈，我就莫名地喜欢你。你那一脸的冷峻很让人着迷，以至今天我还不能把你从心中抹去。

——请你不要拒绝我对你的感情。

阿妹没敢署上自己的名字，也不苛求郑炜能回应什么，她只是想情感有所寄托。

阿妹不知道瑞琪和郑炜的关系，也不知道这封信将造成怎样的后果，她让雪倩把它传给郑炜，说是从窗外传来的，并叮嘱一定要郑炜亲手打开。

雪倩想："这一定是那个'狐狸精'拿来的，真不要face。"但雪倩还是很不情愿地递给了表哥。

郑炜拿到了情书，以为是瑞琪写来的，兴奋地打开它。可是他怎么看也觉着没瑞琪的字漂亮。"这会是谁呢？难道是余菲？真烦人！不是跟她说好了不再来找我了吗，她怎么又来了？"

就在郑炜烦恼之时，刘轩正在其后面偷窥，趁他不注意，一把夺了过来。接着，就站到讲台上全情投入地念起来。

"大家听着，这是一位痴情女子写给郑炜的情书……"

瑞琪一听，心里又不痛快了；阿妹则因闯了祸，心扑扑直跳。

这下，郑炜可麻烦了，教室里又是掌声又是欢笑声，而他的脸却早已成了“红苹果”，真是跳到黄河也洗不清了。

“当——”上课铃响了，化学课代表站起来凑热闹：“同学们，会考将到，请大家抽时间把化学复习一下，明天测验。”

话音刚落，同学们全瘫了。一个个唉声叹气，愁眉苦脸，刚才的兴奋劲儿全没了。

“别当真，骗人的！”不知是谁喊了一声。于是，全班哗然，教室里又恢复了原来的喧闹。

这时，韩老师走了进来，满脸带着夸张的笑容。

“Good morming，class！”

“Good morming，teacher！”

“Today we'll study unit 18，这个单元是复习单元，主要讲述英语中的笑话。下面有没有同学愿意先讲一下笑话呢？”

尽管是愚人节，然而老师一提问，依旧“万籁俱寂”，呈现一问三不知的状态。

终于，“救星”刘轩站了起来，“老师，可以用中文吗？”

“Of course。”

“以前有一个傻瓜，别人问他什么，他都说‘不知道’。老师，你知道这个笑话吗？”

“不知道，I haven't heard it。”

话音刚落，同学们便忍不住哈哈大笑起来，有人甚至激动得跺脚、捶桌子。韩老师这才明白上当了，但他依然笑着：“这个故事讲得不错，今天就不布置课外作业了。”

“Oh！太好了！”同学们兴奋极了，教室里又恢复了“幼儿园”状态。

——这就是愚人节的gift。

飞的理由

一大早来，教室里乱糟糟的，桌子上摆满了书和磁带，而窗子却是大开的。

瑞琪走到门口，忽然想起昨晚放在抽屉里的那本定价48元的《红楼梦》(《科幻世界》被韩老师拿走后，她只好改看四大名著了)，她赶紧加快了步子。

刚坐到座位上，便听见一个熟悉的声音：“张瑞琪，你丢东西了吗？”

“是他！”瑞琪高兴地抬起头望着郑炜。

“有没有不见东西，我登记一下。”郑炜抱着记录本微笑着。

“原来是这样，我还以为他要来解释那封情书的事呢。”瑞琪不开心地想着，突然在抽屉里摸到了那本《红楼梦》，她只好不情愿地摇了摇头，任郑炜离去。

雪倩来到座位上，看见自己心爱的《魔卡少女樱》的书和影碟全堆在桌面上，顿时大惊失色：“这是哪个混蛋干的，居然把我的宝贝拿出来‘展览’，要是被

‘幽灵’看见了，我不就死定了吗？”

这么一说，她突然想起上一次韩老师的“咒语”，顿时吓了一跳，“不会吧！‘幽灵的爹’来过，这太恐怖了，这下我可真的完了！”

雪倩忙把书和影碟收进抽屉里，脸吓得直泛红。这时，又有一个念头在她脑中闪过，“不对呀，上次韩老师说收了就不还了，可他为什么翻出来了又不拿走呢？这里面一定有蹊跷。”

“这是哪个王八蛋干的，居然把我的单放机和磁带偷了。要是被我查出来，有他好看的。”后排的“流星雨”突然大声说。

雪倩这才发现抽屉里的“水晶之恋”和两角钱不见了，她的心里说不清是难过还是觉得好笑。

“真讨厌，连小孩的果冻也不放过，看来一定是个穷困潦倒的家伙，两角钱也视为珍宝。”

“这小偷不但要物质财富还挺会享受精神财富的，反正这单放机已用了好几年了，‘旧的不去，新的不来’，我再买一个新的去！”“流星雨”乐观地说。

“他也真够高明的，偷东西就偷东西，还把同学们的小说、漫画全摆桌子上，制造一个老师查书的假象，把我们吓了一跳，还想把账算在老师身上，最后使我们不敢告状，只好不了了之。聪明，真是太聪明了！”雪倩似乎摸着了门道。

“我看这贼很清楚大家的底细，应该离我们不远。”瑞琪说。

“要我说呀，这贼可能就是那些工地上的工人，他们整天吵得我们不得安宁，自从他们来后，学校大大小小的盗窃案已十几起了。”吴萌似有见地。

为此，学校开办了一个新的活动，“护校运动”。这下同学们玩的机会又来了。

这个星期刚好轮到郑炜班上，他没想到同学们会这么热情，这么勇敢，这么有奉献精神，他刚说：“谁愿意……”同学们便全部举双手示意，“流星雨”和刘轩甚至“四脚朝天”——连双脚都举起来了。

这下可让郑炜难办了。突然，他发现双手举得最高的雪倩，忍不住笑起来：“林雪倩，你就别给大家添乱了，你连自己都保护不了，还护校？你不是成心想让男孩们难做吗？边护校边当‘护花使者’，我们可没那么大功夫！”

郑炜一席话逗得全班同学都哈哈大笑。

晚自习，文科班的男生所剩无几，教室里清静多了，但女孩们总觉得少了点什么。阿妹和瑞琪呆呆地望着窗外，希望看到那同一个身影，然而“等到花儿也谢了”，还是没见有人回来。

男孩们可好，都轻松享乐去了，趁着这“护校”的大好时机，有的跑到小卖部看《大明宫词》，有的则跑到寝室里看小说、听CD、睡大觉去了。这不是白白浪费女孩们的感情吗？

再说，就算那些小偷要偷东西，也不会在有人“护校”，同学们都在教室里学习时来偷吧！这个活动就像稻田中央的“稻草人”吓唬“小鸟”而已。

黑色Sunday

雪倩又开始减肥了，这完全是她喜欢的明星给她的动力。这几日，总能看见雪倩三天两头往书店、商店跑，可买回来的不是漫画、影碟，也不是巧克力、牛奶糖，而是一大堆有关减肥的书籍、用品。

今天下午的假期，是期中考试前的最后一个假期了，雪倩不放过一分一秒的机会减肥。

她骑着新买的自行车赛车在街上炫耀了一番，终于抵达目的地——新华书店，可是书店不准带包进去，她便把装钱的袋鼠背包放在车篮里。

“反正我一会儿就出来，再说我的眼睛这么锐利，没问题的！”雪倩想着，又看了看包才放心地进去了。

她边找书边盯着门外的包，忙得不可开交。可是，找了半天也没找到满意的。于是，她换了个位置继续找。终于，在一个离门稍远的书架上，她看到一本《瘦身法》，顿时高兴地跳起来。

就这一跳，她看到了一个鬼鬼祟祟的中年男子把手伸进了她的车篮里，她忙放下书往外冲，时间的紧急让她无暇去喊“抓小偷”。可是，等她跑到门外，小偷早已溜得无影无踪了。

雪倩望着拥挤的人群，不知怎么办好，她的心像刀绞一样难受，大颗大颗的泪水落到了地上。

“真倒霉！”雪倩的心中呼喊着。

她没了钱，只好推着车子往回走，快乐的心情全没了，只想抱头痛哭一场。

没多久，她便看见街上有一个穿得很破烂的老爷爷，他正跪在地上向人们乞讨，可是过路的行人却视若无睹，仰着头继续前行。

“多可怜的老爷爷呀！可那些大人怎么那么狠心？”雪倩想着，把手伸进口袋里掏钱。

“可怜可怜我吧！”老爷爷朝着雪倩说。

雪倩这才想起来钱被偷了，她很内疚地朝着老爷爷笑了笑，似乎在说：“老爷爷，对不起，等我有了钱再回来帮助你！”

雪倩不忍再看老爷爷那爬满皱纹的脸和深陷的眼窝，她只想快点回去拿钱。于是，她骑上车便往家里飞奔。

哪知刚到市政府门口，自行车的链条却断了。雪倩气得狠狠给了那新车两脚，“气死我了，难道今天是我的倒霉日吗？……”雪倩正起劲地自言自语着，从门卫厅里走出来一个年轻男子。

“小妹妹，怎么了？是不是车子坏了？”那男子微笑着。

“链条掉了。”雪倩低声说。

“来，让我看看。”男子说着便开始仔细检查。

“不用了！不用了！”雪倩嘴里说着，心里却想着：“不会吧！莫非又来一个小偷？我得找个人帮忙才行。”

哪知小伙子干得很起劲，手由白变黑，额上的汗珠也流出来了。雪倩一看，心中顿生感激之情：“唉，世上到底还是好人多啊！”

几分钟过去了，小伙子终于帮雪倩修好了。雪倩高兴极了，刚才所有的伤心事都成了过眼云烟。

她把随身带的果冻和巧克力全送给了年轻人，甜甜地笑着说：“谢谢你，小哥哥，是你给我带来了希望，Bye-Bye！”

于是，雪倩骑上车哼着快乐的歌儿走了。她对自己说：“以后我一定会回来报答你的！而那个小偷，要是让我再碰上了，我一定把他抓到公安局去，以解我的心头之恨！”

回到学校，雪倩把下午的经历讲给了同学们听，似乎这一下午让她客观认识了世界上有好人坏人，懂得了许多曾经不明白的道理。

瑞琪也讲了一个发生在周围的事情："前天晚上，住在学校对面的王叔叔关了店铺，拿着一天辛苦赚得的几千元钱回家，却遇到一群强盗拦路抢劫，强盗不但把钱抢走了，还把人打得住进了医院。听说王叔叔的一只眼睛给打瞎了，腿也被打断了。"

"啊？真可怜！真恐怖！"同学围坐在一团七嘴八舌地发着言。

"这些人真可恶！有手有脚不去工作，把自己的快乐建立在别人的痛苦上，简直连畜牲都不如！"吴萌振振有词。

"我真不知道这些人活在世上有什么意思？用双手致富、靠劳动生活多有意义！多么快乐！生命是如此短暂，生活是如此美好，他们为什么非要等到临终时才能明白这个道理呢？"瑞琪颇有感触地说。

"我长这么大了，第一次深深地感觉到社会的黑暗和复杂，还是在学校里好，安全又快乐，我真想永远待在这个'阳光城堡'里。"雪倩天真地说。

"这怎么可能呢？我们总有一天要走上社会的。"吴萌说。

"不管怎么说，我再也不想单独上街了，上一次街，我的心里就难受一次。街上那么多苦苦乞求的人多可怜，可我又不能把爸妈的血汗钱全部分给他们……”雪倩还没说完，同学们群起而攻之。

“你这个笨蛋，我妈说那些都是骗人的，都是‘骗钱公司’派出来的！”瑞琪激动地说。

“真的吗？可那些残疾人和那些小孩呢？”雪倩半信半疑。

“他们都一样，‘讨钱’是他们的工作。每天出来‘上班’，‘领导’们都会给他们规定数额。而且派出来的都是些老幼病残，真正健康强壮的中年人担任着幕后指挥。这就是他们的‘领导机制’。”瑞琪似乎懂得许多。

“原来是这样，害得我无私奉献了同情心，我真笨！”雪倩恍然大悟。“不过，也有真正贫困而乞讨的吧？要辩证地看。”她自言自语道。

“以后上街小心点，知道吗，钱一定得放好，否则你将成为‘骗钱公司’的猎物了！”吴萌像个大姐姐似的叮嘱道。

……

马上就要期中考试了，考试之后就是同学们盼望的假期。大家从来不说“离考试还有×天”，而是念着“离放假仅有3+×天”。

今晚，大家都激动极了，开始计划假期事宜。不知是哪个“顽童”发了一张这样的传单：

各位同胞：有奖竞猜——劳动节放几天？

A　7天（据高三<二>班外语老师说）

B　5天（据李主任说）

C　3天（据高二<10>班班主任说）

D　2天（后勤办公室说）

E　1天（保安科门卫说）

奖品设置：

特等奖一名：Sung Song掌上袖

一等奖一名：Motolona 908手机一部

二等奖三名：谢霆锋演唱会专辑

三等奖五名：柏原崇写真集

答题方法：写上你的姓名及答案号

传单在教室里传了一圈，同学们看了都乐呵呵的，都觉得这个方法不错，于是，大家很认真地（似乎比平时做作业还认真）作答，几乎每个人都作出了选择，然后等待群众选出来的最佳值。最后综合，算出的平均值是：3天。

听到这个消息，大家都兴奋极了。因为几乎每次预算都合乎实际。于是，大家三五成群地又讲起了某某明星，某某演唱会，某某电视剧……

今晚很自在，因为没有老师来。等到要放学了，教室里又是一阵阵骚动。走读生哗啦啦一片收着书包；住读生则直愣愣地盯着跑秒倒计时：“10、9、8、7、6、5、4、3……发射！”

一声令下，同学们像救火似的涌出教室。可是，刚走到楼梯口，便听到有人喊：“‘幽灵的爹’来了，‘幽灵的爹’来了……”

这一喊，把同学们吓得屁滚尿流，又赶紧往回跑。从来没看过雪倩跑这么快，简直就像有一群狼狗在后面追似的。

他们刚以百米冲刺的速度跑回教室，屁股还没坐稳，又听人喊了一声：“没人，可以走了！”

可雪倩等人正喘着粗气，再也跑不起来了。“我要歇一会儿才能走。除非谢霆锋、陈晓东、刘德华在下面等我！”雪倩如是说。

你快回来

终于盼到一次比较长的假期了，听同学说这是本学期的最后一个假期，所以瑞琪得好好安排一下——明天上午十点，全体走读生约好在市医院门前集合，去看钟老师；明天下午，瑞琪和妈妈上街买衣服；后天，瑞琪就在家里看看第五期的《科幻世界》和影片，然后再写几篇文章。

终于等到了这一刻，可以再次和钟老师相见了。算一算，时间过得真快，钟老师住院已经两个多月了，听说他是出门时不小心，被车撞断了腿。

十点钟，大家都到了，真没想到同学们居然这么积极，瑞琪差点儿成了倒数第一！看着同学们大包小包的，也不知提的什么。瑞琪则买了一个又香又大的哈密瓜——这可是她最爱吃的水果，真希望钟老师也能喜欢！

在班长的带领下，大家走了好远，终于找到钟老师的病房。他正读着报纸，看到同学们来了，惊喜溢于脸上——瑞琪分明还看到了那感动的泪，但是没有落下来。

钟老师忙放下报纸，激动地说："你们怎么来了？真是的！又没地方坐，这可怎么办？"

病房里的病友突然看到这么多人，先是吓了一跳，接着才摸清怎么回事："哟，钟老师，这都是你的学生啊？你真有福气，瞧他们多懂事啊！"钟老师不好意思地笑笑，瑞琪看到了他的笑是那么甜，那么灿烂。

"快，孩子们，快来坐！"钟老师忙把床边收拾干净，让郑炜他们坐下。病友也腾出地方来让其他同学坐。

"老师，这是我们的一点儿心意，请收下吧！"郑炜、吴萌等几位班干部把同学们的礼物聚集在一起递给钟老师。

钟老师一看，吓了一跳，"你们来看老师，老师已经觉得很高兴、很满足了，干吗还要破费家长的血汗钱呢？"钟老师推辞着。

"老师，这是用我们平时积攒的零花钱买的，您就收下吧！"郑炜说着，把东西放在老师的床边。

"钟老师，要不要尝一颗荔枝，这是我特地为您买的！"雪倩说着，拿出一颗荔枝就剥起来。

"这几个月，班上的纪律好不好？"钟老师问郑炜。可郑炜不好意思地笑了笑，其他同学也笑了，钟老师也似乎明白了。

“那成绩呢？成绩有没有进步？这次期中考试考得怎么样？”钟老师总是不忘本。

“唉！早知道这样，我就不来了！”雪倩把荔枝喂到老师嘴里，没劲地想着。

“您不在，我们根本学不进去，新来的班主任太凶了！”雪倩是个直肠子，一句话说完，大家都吓了一跳。

“怎么能这么说呢？学习是为你们自己，又不是为了我。你们真让人担心！”钟老师叹着气。

“老师，您什么时候出院啊？腿可不可以走路了呢？”雪倩忙问。

“好得差不多了，大概下个星期就可以回来了。”

“真的？太好了！”同学们激动得直拍手叫好。

“别吵，这是医院，你们以为还是在教室里？！”钟老师也因为同学们的天真忍不住笑了。

同学们似乎比以前听话多了，病房里马上恢复了原样。

“钟老师，只要您能回来，我们一定好好表现，好好学习！”雪倩就会甜言蜜语。

其实，瑞琪早料想这次期中考试考得不怎么好，从钟老师走后的纪律，阿妹的心态转变，她自己的不努力……都可以判定这次一定是整体下降。等钟老师回来，又得让他难堪了。

下午，瑞琪拉着妈妈去逛街。因为爸爸是个“工作狂”，很少休息，也很少抽时间来陪她，就连劳动节也不例外。

今天的街上可真热闹，人山人海。商店里的商品精美极了，真恨不能把它们全买下来。可瑞琪知道妈妈是个节俭的人，她每次都得精挑细选。

瑞琪是很相信“一见钟情”的，一阵眼花缭乱过后，她终于看中了一件天蓝色的T恤。她拉着妈妈就往那个柜台奔。

可是一问价，居然要80元，这不是坑人吗？妈妈还了半天价，那人还是要50元。妈妈说，过几天再来买，可是瑞琪马上就想得到它，她的视线舍不得离开它。

瑞琪使劲拽着妈妈的衣襟，让她帮忙买下来，可她说，除非35元，不然她不买。瑞琪知道她又失败了，或许妈妈觉得这T恤确实价格偏贵，所以不同意买下。

于是，她扔下“小气”的妈妈，头也不回地走了。瑞琪的心里特难受，她也知道她妈妈其实比她更难受，但谁叫她不给瑞琪买呢？

听说2000年的奥斯卡奖颁出来了，是《美国丽人》。瑞琪正好去租来看看，反正今生瑞琪是走定了电影这条路。

看得正起劲，妈妈回来了。她没说什么，就到厨房做饭去了。瑞琪也没在意，只管继续研究。

不知是什么时候，妈妈突然闯了进来：“你这孩子，怎么看这种电影，我还以为你看的是好东西，没想到你整天都在想这些歪门邪道！”妈妈毫不留情地把影碟机关了。

“妈，你不懂就别多管闲事！这是艺术，是历史发展的趋势！你得不断学习，不断跟上时代的脉搏才行。不然，以后的社会，你一定适应不了。”瑞琪试图让母亲明白。

“我不懂，但我知道这些东西看了对你没好处，你还小，应该专心学习呀！”妈妈说的完全是另一码事。

“好了，别啰嗦了，无论如何我一定会当导演的，你就等着看我拍的电影吧。”瑞琪甩下一句话，跑进房间。

“在这个小镇上，从没有人考上过演员或是导演，你就死了这条心吧。”妈妈在极力挫伤瑞琪的自信心。

瑞琪本想反驳，却也知道如此下去只会两败俱伤，她不想再听那些刺耳的话语，把《Big Big World》的音量调到最大。

只要是她选择要走的路，她就一定会坚定不渝走下去，除非有一天，她真的发现自己没有天分，没有才能，她才会放弃！

——她只相信“兴趣是最好的老师”。

真不希望放假，每次放假心情总是乱糟糟的，真希望永远地待在学校里，和同学们在一起，那是多么快乐、多么幸福的事啊！

妈妈还在外面拼命唠叨，瑞琪感觉得到她的心在滴血。

每到这时，瑞琪的心又会软下来，把门打开，可这是她的错吗？难道追求理想也有错吗？她不明白大人们是怎么想的，反正她会趁年轻，干出一番事业来。到时候，妈妈高兴还来不及。

妈妈也许是无力了，渐渐停止了说教，瑞琪终于可以平静心情想一想她以后要走的路。

就在这歌声、情感达到统一时，对面突然传来一阵争吵声。瑞琪拉开窗帘，打开窗户，想听听是不是郑炜家里传出来的。

也许是两幢楼房挨得太近，他们又在同一层楼，瑞琪很清楚地听到郑炜和他妈妈因郑炜明天穿什么衣服而发生了分歧。瑞琪觉得，阿姨也真是，管那么多干嘛，郑炜都长大了，有自己的主见了，不需要大人再帮他安排这个安排那个的，整天唠叨个没完。

瑞琪妈妈总希望她能当医生，可瑞琪不感兴趣。

瑞琪正想得入神，只听一声“别烦我了”，郑炜从房里冲到阳台上。瑞琪吓了一跳，而他们的目光却在一瞬间交织在一起凝固了。在《Big Big World》的歌声陪伴下，两个同病相怜的人互相对视，她觉得有一种说不出口的浪漫。

不知过了多长时间，他开口了：“张瑞琪，你在干吗？”瑞琪支吾了半天，不知说什么好，但听他的口气似乎一点儿也不惊讶她在这里。

“真没想到，你就住在对面！”瑞琪微笑着，想减弱自己的紧张心情。

“太巧了！”他也笑着，但表情有些不自然。

“这挺有意思的，以后我们就可以在家里对话了。”瑞琪装作很淡定地说。

“你在听歌么？”郑炜突然问。

也许是声音太大了，几乎淹没了他们的声音，瑞琪忙跑进去把声音调小了。

“真不好意思，吵着你了吧？”瑞琪只觉得脸很烫。

“你的磁带、CD都挺好听的，它每晚都伴着我入睡。”郑炜笑着说。

“真的吗？你的CD也很好听，每次心情不好时听到你家传出的曲子，我就觉得舒服多了。”

“要不，你到我家里来玩吧！我放给你听。”

“可是，还要跑那么远，我就站在阳台上听也可以啊！”

“放暑假了，我就自制一个可以伸缩的天梯，放在两个阳台之间，这样来去就方便多了。”

“不，不，这样太危险了，‘距离产生美’嘛，这样会更好些的。”

……

他们就如此聊到日落，瑞琪觉得心情好多了。

第九章

爱情证书

短短的三天假期很快便结束了，但同学们的见识似乎没增长多少。一天到晚叽里呱啦说笑个不停，其内容也是千篇一律，“××又出新专辑了！”“××拍的新电影好看极了，男主角真帅”……

教室里比集贸市场还热闹，同学们比坐在茶馆里还悠闲，然而只要有人喊：“监控器动了！”同学们又马上钻到桌子下面去。

“流星雨”剪了个很酷的新发型，边捧着梳子精心整理着，边向窗外观察，看有没有动静。也许是“吃一堑，长一智”吧，从上一次的教训中，他想出了这个好方法。这样，“幽灵”一来，他就可以通风报信了，真是一个机灵的“守门员”。

刘轩则转过身来，嬉笑着说：“女生们都没花那么多心思梳长发，你这几根毛，还用得着梳那么长时间吗？真臭美！”

你别打扰我，瞧你那一头卷毛，剃成光头才好，简直影响我的视觉。

“流星雨”也“以嘴还嘴”，女孩们则在一旁乐着。

放假归来的另一大转变就是，同学们都换上了新装，教室里五颜六色的，新鲜极了。

也许是“爱美之心人皆有之”，不仅女孩们穿上了新衣，男孩们更是一天换一件，皮鞋擦得亮亮的，头发梳得光光的，甚至还有人不满意自己的高度，居然穿上了增高鞋，把女孩们的嘴都给笑歪了。

然而今天，同学们却发现一个“奇迹”——刘轩和吴萌穿着情侣装。

雪倩用新型交通工具——小纸条，一传十，十传百，于是一会儿工夫，同学们全知道了，大家嬉笑着，用同种异样的目光望着他俩。

吴萌感觉不对劲了，于是拍拍瑞琪：“他们在笑什么啊？”

其实瑞琪也收到了张纸条，上面写着：“勿让当事人看到！”于是，瑞琪强忍住笑，说：“管他们笑什么，咱们别理就是了。”吴萌只好继续做作业。

“刘轩，我告诉你一件事，你听了一定很高兴。”同桌男孩打趣地说。

“什么事啊？看你们神秘兮兮的样子，就知道不是好事。”刘轩心里有些不舒服了。

同桌男孩把嘴靠在刘轩的耳朵上，小声说："你瞧，吴萌今天穿得跟你一样，你们俩真默契！"说完，又到一边笑去了。

刘轩一听，眼睛笑得眯成了一条缝，他偷偷扭头去看吴萌，哪知吴萌正好皱着眉头在看他。刘轩吓得忙把头又转过来，全身上下直冒汗。几乎在这同一时间，他俩都觉察到衣服是有些相像——白色T恤+黑色休闲裤。

"讨厌鬼，干吗老学我？以后，我再也不穿这套衣服了。"听到同学们不怀好意的议论声，吴萌生气了。

"安静！请乱讲话的同学不要再讲了！"吴萌一声怒吼，教室里顿时鸦雀无声。

"女中豪杰，佩服！佩服！""流星雨"伸出大拇指对吴萌赞不绝口。

自习课很快便结束了，接下来是新语文老师的课——恐怕这是他最后一次教我们了。

今天要上《屈原》，新老师说要更换一下讲课的方式，提高大家的兴趣，就像钟老师一样。

于是，他就让两位同学起来朗读，一位男生扮演屈原，一位女生扮演婵娟。

"你们班谁的朗读水平最高？"老师耐心地咨询着。

"吴萌！吴萌！"同学们异口同声。

“好吧，吴萌，你来演婵娟。”

吴萌只好站起来。新老师又接着问：“有谁愿意演屈原？”

只听有人小声说：“听说婵娟是屈原的红颜知己。”

于是，大家又异口同声地嚷开了：“刘轩！刘轩！”其实，谁都知道刘轩有“口吃”，读书老爱跑调，却偏要出他的丑。

“刘轩，那就你来演吧。”老师亲自邀请，刘轩也只好站起来，于是，其他的同学都开心极了，直等着看笑话。

吴萌恼火了，本想坐下来算了，但看老师是如此的欣慰，又不想让他失望，只好痛苦地读起来。

屈原的台词多，又需要激情，可刘轩的普通话不好，他又很紧张，几乎每句词都被他念得头不着边，后不着尾，断断续续，时高时低。同学们可是笑到了最高境界，有的使劲捂着肚子“哈哈哈”；有的趴在桌上，全身软弱无力“哈哈哈”；有的一屁股坐到了地上，再也爬不起来“哈哈哈”，就连老师和吴萌也忍不住笑出声来。为了鼓励刘轩，老师极力想忍住自己的笑，但看得出来，他憋得很难受。

一节课又在笑声中度过了，这次大家都把笑神经的功能淋漓尽致地发挥了出来。以至下课了，大家还瘫在桌上傻笑，怎么也爬不起来了。

最后一节课是体育课，听说是100米男女竞赛。雪倩刚擦了半天防晒霜，还是决定逃课。

同学们都换好球鞋下楼去了。不料，“幽灵他爹”来了，把雪倩逮个正着，并狠狠训了她一顿：

“马上就要会考了，我看你准过不了关。整天这么懒，哪像个女孩子！女孩子都是很勤快的……反正这是我最后一次说你，你别怪老师说话难听，以后你想听都听不到了。”

韩老师用心良苦地说着，雪倩却无动于衷，给了他一个又一个大白眼。殊不知操场上，正在上演一出好戏。

也许是巧合，也许是天意，接力棒恰好同时传给了吴萌和刘轩，这下可热闹了，吴萌和刘轩进行着“殊死抗争”(“飞毛腿”刘轩当然会让着吴萌)，同学们则在后面蹦啊、跳啊，拼命为他俩加油。

不一会儿工夫，同学便分成了两派——男孩为刘轩加油，女孩为吴萌加油，大家笑得嘴都合不拢了。“要是雪倩在呀，那准更热闹。”有人说。

回到教室，大家还在嬉笑，谈论着这事。吴萌一句话也没说，把自己埋藏在书堆里。

刘轩则开心极了，这一天发生的事够他甜蜜一阵了，他乐呵呵地坐在位置上脱球鞋，忘了自己有脚气。

“熏死人了，是谁？”雪倩夸张地捏着鼻子，追根求源，终于把刘轩揪了出来。

“你给我把鞋拿远点儿，臭死人了。”雪倩的表情很痛苦。

刘轩也许是乐过了头，说道：“谁说的？这是国际流行香味——茉莉香型！”

同学都忍不住捂着鼻子笑了。

快乐无罪

期中考试一结束，又是同学们解放的时候，大家又搬出了心肝宝贝，开始新的战斗了。

听说钟老师今天要回来，大家都兴奋极了。上午最后一节课是自习课，同学们都安静地做着“工作”，没有人讲话，没有人做“点头运动”，大家都静静等待着钟老师的归来。

因为最新消息说：“学校为了节约用电，没有开监控器。”于是，大家关好了门，便放心地开始了看自己的课外书。

刚进入角色，门“吱”地一声开了，同学们冷不丁，条件反射地往抽屉里塞书。

“不用收了，不用收了。”只听得一个熟悉的声音，同学们抬起了头。

“啊！钟老师回来了！”有人喊。

同学们惊喜万分，忙伸出手来热烈鼓掌：“欢迎归来，欢迎归来！”

教室里像开庆功会似的，热闹异常。

“好了，别闹了，其他班都在上课呢！”钟老师笑着。

大家很听话，教室里马上又恢复了平静。同学们专注地看着钟老师，等待他的发言。

“大家把书都拿出来吧！不用躲躲藏藏的，趁着现在多了解一些课外知识，到了高三，你们就甭想还有这么好的机会。”

同学们一听，开心地把书抱出来，一边不好意思地说着：“钟老师真好，就您理解我们。”

钟老师笑笑，接着说：“看是可以看，可别把乱七八糟的漫画书、言情小说、明星写真集拿出来，那可不在我说的范围之内哟！”

说完，雪倩和“流星雨”忙又偷偷往里塞，那神态比小偷偷东西还逗。

“老师，不如看电视吧！”有人突然提议。这下，同学们兴致大增，教室里又闹成一团。

“你们这些小鬼，真是得寸进尺。”钟老师笑着，犹豫了一会儿，算是答应了。

同学们全乐了。拉窗帘的拉窗帘，开电视的开电视。大家都把“宝贝”又收进了抽屉，只等着这千年难遇的看电视的好机会。

刘轩最带劲了，因为现在电视上有许多他爱看的武侠剧，那开电视的动作比谁都熟练，那满脸堆起的笑容简直把眼睛都笑没了。

钟老师看着大家天真的劲儿，忍不住笑了：“我听说还有《少年英雄方世玉》！”

同学们一听，又是一阵热烈的掌声。这掌声是同学们对老师的喜爱，同时，也是因为有老师的爱才凝聚成的热情和力量。

“那你们在里面看，我去外面防守。”钟老师说完，就关上了门站到教室外。想必此时，老师比同学们更开心，因为“你快乐所以我快乐”。

每位家长都希望自己的孩子能幸福快乐；同样，每一位老师也都希望自己的学生能比自己更幸福、更快乐，这是他们教书育人最大的心愿。

同学们很高兴，但似乎此时感动、感激的成分更多一些。

“钟老师真好！”同学们在心中默念着，依依不舍地望着老师的身影在门缝中化作一条直线最后消失。

这时，大家才又回过神来，各抒己见。刘轩可就难做了，他进行着激烈的思想斗争，但最终还是“众心所向”“少数服从多数”，定在了《大明宫词》上。

五十多人的大家庭看电视，感觉比在电影院看电影还过瘾。五十多双眼睛向着同一个方向，而神情各不相同——有人拭着眼泪，有人发射出愤怒的目光，有人笑得开怀……大家都看得很投入。

这时，吴萌对瑞琪说："我妈最爱看《大明宫词》，每次看以前，总要准备一沓餐巾纸。每晚放学回家，我总看见茶几上铺满了打湿的纸巾，把我的肚子都笑痛了。"

"看来，你妈也是'性情中人'！"瑞琪笑道。

"Of course！"

自习课临近尾声，同学们的肚子都开始咕噜咕噜地叫了。这时，不知从什么地方飘来一阵诱人的香味，嗅觉灵敏的"馋猫"们忙伸长了鼻子："哇！真香啊！"

于是，教室里又开始躁动了，"这是青椒炒肉丝！""这是蒜苔炒肉丝！"……大家的口水都快流出来了。

中午，教室里很热闹。原来是电视里正放着谢霆锋的现场演唱会。同学们似乎比坐在现场的人们还激动，有的拍手，有的尖叫，有的站起来观望……作为"霆锋迷"的雪倩最出格了，她放声大笑，把手举过头顶拼命地鼓掌，恨不能让电视里的明星听到。

然而，好景不长。"一点了，开始午休。"郑炜一声令下，同学们无精打采，纷纷抗议。

郑炜无可奈何，只好采取上午的办法——把窗帘拉上，把门关上，把电视机声音关上，整个呈“掩身盗铃”式。

“有福同享，有难同当”，有这么多伙伴一起“干坏事”，大家不但不怕，反而从中得到了许多乐趣。

也许今天是个喜庆的日子——钟老师回来了，同学们的精力都特别旺盛。似乎教室里更像个家了，同学们更团结了。

下午下了最后一节课，男孩们便为女孩们买晚餐去了。女孩们则担任着“家庭主妇”，在教室里边听音乐边打扫卫生。

等地扫完了，男孩们也回来了。于是，教室变成了饭厅，每个角落都飘散着浓浓的香味，令人食欲大增。

趁着这个机会，再听一听徐怀钰、萧亚轩的新专辑，“餐厅”里更有一些浪漫的氛围。

吃完饭，再看一看明星画报。

当然，也有人关心时事，《楚天都市报》《南方周末》《环球时报》……边听音乐边看报，也是一个不错的享受。

临近自习了，可大家还舍不得收心。直到钟老师来了，才又忙换上课本，装模作样地看起来。

天色渐暗，夕阳温柔的红光透过窗户照在每一个人的脸上。教室在这特有景色的映衬下，一眨眼变得娴静而又怡人，一切都似乎凝固了。

钟老师走进教室，看着大家刻苦用功的样子，欣慰极了。他的脸上绽放着慈祥而又幸福的笑容，看起来是那么甜蜜。

突然，门外传来一个小女孩稚嫩的声音：“爸爸，我要撒尿！”

同学们哈哈大笑，钟老师脸上的笑容则被“脸红+皱眉”所代替。

他忙冲出教室，想把他女儿领走。可女儿不听话，还一个劲地喊着“我要撒尿，我要撒尿……”而且声音一次比一次大。

同学们好久都没有听到这么可爱的声音了，笑得一次比一次更欢。

放爱一条生路

全年级成绩单终于发下来了，阿妹绷着神经从第一行一直数到了第十九行——她找到了自己的新排名。这完全是“爱情的馈赠”！郑炜也把桂冠让给了邻班的班长，自己坐上第二把交椅；瑞琪则从全班第十名来到第十四名。这完全是“爱情的魔力”！

阿妹在心中暗骂牛星雨，泪水夺眶而出。她觉得自己对不起辛劳的母亲和在外赚钱的哥哥，她不知道该怎么办，不知该把心事憋在心里，还是向朋友倾诉，她难过极了。

中午放学后，她没有留在教室里看书，而是到街上散心。她独自一人漫无目的地走着，享受着初夏明媚的阳光，望望遥远湛蓝的天空，心里便舒服多了。

于是，她又打起精神来往回走。就在这时，后面有一个声音在叫她：“陈阿妹！”她扭头一看，原来是她初二时的语文老师李老师。

李老师是个和善的老教师，自从阿妹家里发生了不幸之后，她就一直把阿妹当作自己的女儿一样看待，对她百般关爱，让她充满信心地踏进了重点高中的大门。

她们已经近两年没见面了，这不由得令她俩激动万分。

“李老师，怎么是你？”阿妹一脸惊喜。

“阿妹，怎么没上学啊？”李老师最关心她的学习。

“学校下午放假。”阿妹笑道。

“现在学习很紧张吧，功课怎么样？”李老师说着，抚摸着阿妹的头。

然而，这一问又把阿妹从快乐的边缘拉回了悲伤的境界。她的肌肉一下子收缩了许多，脸上也泛起了愧疚的红晕。

阿妹犹豫了半晌，还是决定以欺骗的方式而不让老师担心。于是，她又绽开苦涩的笑容，说：“还可以吧。”

“你妈养你不容易，你一定要好好学习，为她和你哥争光，知道吗？”李老师语重心长地说。

“嗯。”阿妹使劲地点点头，心中却有说不出的愧疚。

“老师，您怎么有空上街？”阿妹好奇地问。

“你不知道吧，老师已经调动工作了，现在在镇上一所初中任教，这样离你就近多了，老师可以经常去看你了。”李老师说着，便高兴地笑起来。

“这太好了！”阿妹激动得也跟着笑起来。

边走边聊，她俩来到了一家超市门口，李老师突然想起了什么。“阿妹，你喜欢吃啥？老师买给你。”说着，李老师便把阿妹拉了进去。

尽管来这上高中近两载了，但阿妹从没进过超市。她只觉得眼前一亮，顿时花了眼。

李老师拿了奶粉、果冻、饼干……便往阿妹怀里送。

“老师，您别拿了，我不要……”阿妹着急了，后悔跟着进来了。

然而，后悔也来不及了。李老师付了钱，把一大包吃的往阿妹手里塞，阿妹的心里矛盾极了，要也不是，不要也不是。但最终还是盛情难却，她不好意思地收下了。

她对自己说：“老师，我不会白拿您的东西的，我一定会考上名牌大学，将来好好报答您！”

李老师微笑着走了，而阿妹还站在超市的门外，心情久久不能平静。感激和愧疚的泪水融合在一起，一大滴一大滴地落下来。

阿妹回到学校，意外地发现信栏里有自己的信。她兴奋地拆开，一看原来是哥哥寄来的，她高兴得像燕子一样飞奔到了寝室。

坐在床上，她仔细地读完了哥哥的来信。

阿妹：

你还好吗？

由于前一阵子一直很忙，所以到现在才给你写信，希望你不要怪我。

哥现在过得很好，空闲时间就看看书、温习功课，哥只盼着你能考上大学，完成哥哥未能完成的理想。哥知道你学习很辛苦，但一定要好好保养身体，身体是革命的本钱。哥在这儿薪水还不错，你别舍不得用，想吃啥就吃啥。

还有一年就要高考了，只要把这关键的一关挺过来，那么一切就会好起来的。只要你努力，对你来说名牌大学、出国深造都是小意思。不过，哥可提醒你，外语成绩好是你最大的资本。哥在这儿就看到不少外国人，可是不知道怎么和他们沟通。所以，我这段时间一直在攻克英语难关，如果有机会，哥就用英语和你通信，你好给哥指点语法错误，让哥长进长进。

还有哥要叮嘱你，千万千万别因私心杂念耽误了学业，有些东西表面上看是美好的，其实是有代价的，希望你切记！

对了，咱妈还好吧？代我向她问好。哥不在，你一定要听妈的话，回家多帮她做些家务。妈养咱俩真的很不容易，哥有时间就会回来看你们的。

祝：身体健康！学习进步！

阿强

读完了哥哥的信，阿妹心潮起伏，泪水又一次打湿了哥哥的信。她深深感到自己的渺小，自己的成绩辜负了哥哥的期望；她觉得对不起妈妈，对不起李老师的关怀和爱护。

阿妹决定重振旗鼓，奋斗剩下的时光。也许是爱的力量激励着她，她的脑中突然闪出一个念头："我要和牛星雨谈谈。"

自从认识牛星雨，阿妹就一直寝食不安，这让她不能专心学习。尽管她是那么讨厌牛星雨，讨厌看到他，但她还是觉得沟通是解决问题的最好方法，她鼓足勇气决定去和他好好地谈一次。

又是一个星期日的下午，阿妹约了牛星雨在学校的池塘边相见。这下可把牛星雨乐疯了。

中午一放学，牛星雨就跑到寝室里换上那件他最舍不得穿的白色衬衫，把头发用水梳了又梳，然后又在镜子面前更换了不同的角度看了又看，直到找不出一点儿瑕疵。

"真没想到，阿妹居然邀我在一个如此浪漫的地方见面……"牛星雨想着，笑着，向池塘飞去。

阿妹长这么大还是第一次和男孩单独约在一起，她紧张极了，于是，早早到了池边温习着花了好大功夫才写出来的“演讲稿”。

“阿妹，你真早。”牛星雨笑着说。

“你也很快呀！”阿妹觉得心跳加速，血液直往脸上涌，舌头直打结。

“你约我有什么事吗？”牛星雨好奇地说，心想一定有什么好消息。

阿妹犹豫了半晌，还是决定说出来。她不敢直视牛星雨期待的目光，微微低下头去：

“我想说，你是个很优秀的男孩，你一定能考个好大学，然后有一个很美好的未来……”

牛星雨听着，不好意思地笑笑。

“而我并不是你想象中的好女孩，你将来会找到你真正梦寐以求的女孩的……”

牛星雨一听，脸色大变。

“你马上就要高考了，我想你的父母一定期望着你能考上名牌大学，为他们争光，以后能享你的福。”

“而我也是一样，我得报答我的母亲和在天堂的父亲，还要实现哥哥一生的梦想。你也应该知道，我身上的担子比你还重，所以我只能成功，不能失败！”

牛星雨深深低下了头。

“所以，我想说，现在并不是我们谈这些无聊话题的时候，我们肩上的担子不允许我们玩这种毫无意义的‘爱情游戏’。

“因此，我希望你不要再把父母的血汗钱浪费在我身上。不要再给我送东西了，不要再来跟我纠缠不清了，好不好？

“当然，我不是在贬低你，如果你不介意的话，我想和你做兄妹，我想这样对彼此都有好处——多个朋友，总比多个敌人强吧！”

阿妹说完，如释重负般地笑了。牛星雨这才不好意思地抬起了头。

“你说得真好！——真没想到，内向文静的你说起大道理来一套一套的，真是令我佩服得五体投地。”牛星雨终于又露出了笑脸。

牛星雨想了一阵，接着说：“好妹妹，那哥哥最后再请你吃一顿饭，好吗？”说着，便让开一条路，说“女士优先”。

阿妹开心地笑了：“好吧。”

于是，两个人有说有笑地向餐馆走去……

星语心愿

经过一个星期的准备，瑞琪班和兄弟班的辩论赛终于拉开了帷幕。瑞琪、郑炜、吴萌、阿妹组成了辩论队，代表班级出赛。

这次的辩题是“中学生可不可以接受早恋”，而瑞琪班的观点是“中学生可以接受早恋”。开始大家都急死了，以为她们绝对会输，哪知钟老师和张老师却给大家借来了《辩论原理》《哲学全集》……还说：“我们是文科班，好好利用政治课学习的哲学理论，可是我们的优势科目。”

于是，大家很认真地研究了这几本书，辩论会上，大家按照老师讲的去做，果然把对手说得晕头转向，无言以对，最后以绝对优势胜了他们。而吴萌更以其过人的口才和流利的普通话，把“‘中学生可以接受恋爱’并不等于中学生可以谈恋爱或倡导中学生谈恋爱”的道理说得头头是道，当之无愧地成为“最佳辩手”。全班同学都为她鼓掌祝贺，大家都为来之不易的成功而高兴万分。

这次辩论赛，“幽灵”也光临了。这可是他最关心的话题，每天都像念咒语似的，“不许早恋，不许早恋！”今天，他也是站在“学生不可以接受早恋”的一方来观战的，然而，结果却很令他失望。

走出辩论赛场，“幽灵”一个劲儿地念着：“谁说的‘中学生可以接受早恋’……”

其实，瑞琪也知道“幽灵”是为大家好，看他变白的双鬓，看他脸上爬满的皱纹，看他这么大把年纪，还不惜爬上这么高的楼层去关心大家的学习情况……他如此地操劳，还不都是为了大家以后的幸福。尽管他有时关心的方法不够好，但他并无恶意。要是真的换了其他不负责任的老师，他才不会管你纪律怎么样、早恋了没有，你考不考上大学都与他无关，他何必要为大家废寝忘食、辗转反侧呢。

然而，大家的所作所为却很对不起他。要是他知道大家在背后叫他“幽灵”，他一定会很难过的。“幽灵”马上就要退休了，这一届学生是他带的最后一届，等大家都考上了大学，他就可以回家安享晚年去了。瑞琪想着，假如有一天，她能学业有成的话，她一定会回来看他的，因为他是一个善良而严厉的“幽灵”。

期中考试一过，各项活动又接连不断。刚刚结束了辩论赛，今天的课外活动又是高一、高二的男篮对抗赛。

因为有郑炜在，瑞琪非得去助阵不可。因为郑炜打篮球的姿势比踢足球时还帅，那么潇洒，那么矫健，令人着迷。

就在这时，瑞琪居然看到了一个熟悉的身影，一条白色发带，一身白色长裙，是余菲。她在一旁跳着、喊着、拍着手，但她口中念的却不是郑炜的名字，而是“子凌加油，子凌加油！”原来她又转移目标了，那个高高壮壮的男孩正是年级的体育部长——丁子凌。她怎么老爱缠着比她大的男生？

今晚的课外活动，高三的全体师生都在草坪上拍毕业照片。哎，时间真是匆匆，一晃又快高考了，明年的这个时候就轮到瑞琪她们了。

似乎此时的校园也不像是“金色鸟笼”了。毕竟快离别了，校园的一切看起来都是那么美，那么令人留恋！

似乎昨天才刚刚踏进这梦寐以求的高中校园，而明天就要说“再见”了，真舍不得这么多可爱而又热情的同学们以及和蔼可亲的老师们。

然而，不会因为这样，同学们就停止打闹嬉笑。因为只要有学生、有老师、有学校，一切的欢乐就不会消失。

今天是“六一”儿童节，也是瑞琪十七岁的生日。度过了美丽的“花季”，“雨季”就要到来了。然而，瑞琪不相信十七岁就是“雨季”。

今天，瑞琪收到了好多礼物。晚上，是郑炜帮瑞琪把礼物抱回家的。他说让她晚上十点钟站在窗前，他要给她一个惊喜，于是她静静地等着这个惊喜。

回到家，她意外地发现家里多了一个人——奶奶。奶奶知道今天是瑞琪的生日，特地从乡下跑来看她。

瑞琪还没出生，爷爷就早早地离奶奶而去。她一个人孤苦伶仃地在乡下过日子，真是太不容易了。爸爸妈妈说要接奶奶和他们一起住，可她老说在城市里过不惯，还是在乡下种种田，活动活动，更悠闲自在。

奶奶知道瑞琪最爱吃花生和核桃，每次来都会给瑞琪带许多花生米和核桃仁，这些都是她在家里没事时，一颗一颗、一粒一粒亲手剥的。就因为这样，她的指甲都破了。所以，瑞琪每次拿起来都舍不得吃，而吃起来又觉得特有味道，因为它们饱含奶奶的爱心啊。

而今天，奶奶又给瑞琪带来了两口袋花生米和核桃仁。这两口袋的爱心沉甸甸的，让瑞琪惊喜交加。

瑞琪吃着，奶奶看着，看着奶奶笑得合不拢嘴的神情，瑞琪的眼睛湿润了。“奶奶，你别对我这么好，好吗？”瑞琪在心里喊着。

“琪琪，好不好吃啊？”奶奶开心地问着。

“好吃，好吃！”瑞琪连连点头。

然而，奶奶的耳朵似乎不好使，瑞琪说了一遍又一遍，她还是听不清，仍是一遍又一遍地问：“好不好吃啊？”

瑞琪知道，奶奶没有别的要求，她只是想听她说“好吃”。瑞琪喜欢吃，她就心满意足了。

于是，瑞琪边吃边喊着：“奶奶，好吃，很好吃。”

这时候，奶奶便幸福地咧开嘴笑了，露出所剩无几的几颗牙齿。于是，瑞琪也开心地笑了，和奶奶在一起，就像在爱的海洋里遨游，瑞琪全身都充满了无穷的力量。

今晚，爸爸早早地便回来了，和妈妈一起下厨，为瑞琪做晚餐。在这“三世同堂”的夜晚，瑞琪甜蜜地享受着爱的滋养。

妈妈为瑞琪买了一双白皮鞋，爸爸送给瑞琪一条粉蓝色连衣裙。吃完晚餐，瑞琪便换上新连衣裙、新皮鞋，披着她的长发，一个人静静地站在窗前，等待着郑炜送给她的惊喜。

钟楼那边传来十分清脆的敲击声，十点了，可郑炜的房里却黑漆漆的，一盏灯也没有。

就在瑞琪失望之际，突然一个黑影冲到了阳台上。只见他边弹着吉他边唱着："对面的女孩看过来，看过来，看过来，这里的表演很精彩，你不要对我不理不睬……"

瑞琪仔细一看，原来是郑炜。真没想到，他还会弹吉他，弹得真好。这一刻，瑞琪深深陶醉了，她呆呆地看着他，他也微笑着看着她。在粉红色灯光的映照下，他的笑脸那么迷人，那么令人心醉。

这时，歌声停了。对面顿时亮起了五颜六色的灯光。只听郑炜喊了一声“接着”，于是，一串五彩缤纷的纸鹤便向瑞琪飞来。瑞琪轻轻抓了一只，没想到后面还有那么多只。郑炜大声说：“这里是五百二十一只纸鹤，代表着我对你的心意。”

于是，瑞琪明白了。

突然，空中飘下无数颗漂亮的纸裁的小星星，从她眼前滑过。有的飘到她的头上，有的飘进她的房间里和她的阳台上。

“这是我送给你的五百二十一颗星星，我要告诉天空我对你的心意。”郑炜在对面大声说。

于是，瑞琪不好意思地笑了。

星星还未完全落下，只听郑炜的房里传来一首熟悉的老歌：“我能想到最浪漫的事，就是和你一起慢慢变老，等到我们老得哪儿也去不了，你还依然把我当成手心里的宝……”

在歌声的陪伴下，他们甜蜜地在阳台上站了许久。

“张瑞琪，你想考哪所大学？”郑炜在对面喊。

“我想考北影。”瑞琪回答。

“那我就考北大，这样我们就又可以在一起了。”郑炜喊。

“嗯。”她点点头，开心地笑了。

晚上，瑞琪躺在床上久久不能入睡。想起刚才的一幕幕，她的心里比吃了蜜糖还甜。她笑着、想着，满脑都是郑炜的音容笑貌。

不知过了多久，瑞琪睡着了。并且做了一个美梦：

凌晨操场上，瑞琪独自一人在黑暗中摸索。突然，小道上开过来一辆黑色轿车，轿车里下来几个穿着黑色西装、戴着黑色墨镜的人，其后还有一只黑色的狼狗，他们环顾了四周，似乎在搜寻某个人。

看到他们来势汹汹的样子，瑞琪感觉有一丝不对劲。“难不成是来抓我的吗？”

于是，瑞琪撒腿就往学校外面跑。他们似乎发现了瑞琪，和狼狗一起在后面追赶她。

街上一个人也没有，瑞琪找不到可以求助的人，十分慌张。这时，她已精疲力竭了，心想：“这下可完了，就要成为狗粮了。”

突然，不知从什么方向卷来一股大风。接着一个穿着绿衣、戴着绿色头盔、骑着绿色摩托车的男孩映入了她的眼帘。

“快上！”他向瑞琪喊道。

瑞琪回头望了望，没有别人，只有那几个在拼命追她的人和狗。顿时，瑞琪浑身来了劲，使出全身力气往上一跳，紧紧搂住了那男孩的腰，她紧紧地把头贴在他的背上，能清楚地感受到他火热的体温。

摩托车飞驰着，很快很快，以至于她不敢撒手。这时，人和狗已经被他们远远地抛在身后了，她高兴地在他身后笑着。

突然一阵眩晕，他们的摩托车变成了一架飞艇遨游于天际。底下是一座五颜六色的、漂亮的城堡，他们就在这充满魔力的阳光城堡上空飞舞。

他们开心极了，一起笑着、叫着，绕着城堡转了一圈又一圈，比在天堂游玩还快活。

不知是什么给了她勇气，她把手伸到他的面前，想要揭开他的头盔，看看他究竟是谁，而他却紧紧抓住她的手，说："别！"

从那双深情而又明亮的眼睛中，她感觉那是超人和郑炜的结合体，她没有去揭开它，然而她永远也不会忘记那双美丽的眼睛。而这位"郑超人"，她将永远唤着他的名字——绿哥哥！

第十章

婚礼进行曲

今天是星期日，学校规定不上早自习。

瑞琪正好趁这个机会洗洗她的长头发。也许瑞琪最大的困难就是洗头发了。她的头发又长又多，一只手根本抓不住，每次洗头她都得用掉半个钟头。然而，她的头发很顺很滑，梳起头发来就容易多了。

洗了半天，瑞琪的背躬得都快撑不起来了。她一看钟，顿时吓了一跳。“怎么这么快，只有二十分钟就要上课了，难道是我起床时把钟看错了吗，这下完了，头发来不及吹了。”

瑞琪手忙脚乱地擦干了头发，洗了把脸，便匆匆向学校跑去。一路上，长发飘飘，吸引了许多行路人。“好漂亮的头发呀！”爱美的女孩子们都向她投去羡慕的目光。

瑞琪顾不得那么多了，一个劲儿地向前跑着。

来到教室外，瑞琪停住了脚步。她在窗外偷偷观察里面的动静——同学们全到齐了。还好，老师没来。瑞琪想着，高兴地笑了。

她在门口平静了心跳，微笑地走了进去。

也许是那一袭粉蓝色的长裙和黑亮的长发形成了鲜明的反差，同学们好奇地抬起了头。

这一看却让整个世界顿时停止了，同学们的动作很一致，头一直随着瑞琪走动的方面摆动，而眼睛全都定住了。男孩们的眼睛都在发光，而郑炜的目光更是发直。

“好漂亮！”几乎所有的人都在心中感叹着。

同学们一直目送瑞琪走向座位，头差点儿都扭不过来了。瑞琪坐到位置上，觉得很奇怪，她问吴萌：“你们都在看什么？”

“你的头发呀！”吴萌笑嘻嘻地说。

“头发，头发有什么好看的？”

“它是你的，你当然不知道珍惜，你再看看我的头发，恐怕我这一辈子都只能做个黄毛丫头了。”吴萌感伤地抓着自己齐肩的短发感叹道。看看吴萌可爱的神情，瑞琪忍不住笑了。

这时，“流星雨”转过身来，那专注的眼神简直像想伸出手去摸摸那迷人的秀发。

“张瑞琪，你用的是什么洗发水，是舒蕾还是沙宣？”“流星雨”忍不住问。

“不知道呢，家里买的。”瑞琪答道。

此时郑炜也远远地欣赏着瑞琪的秀发，感觉头发的香味都飘到了他的面前，他忍不住闭上眼睛享受这秀发的香味。

这一幕被阿妹发现了，她一直对郑炜有好感，一直在默默暗恋着他。只是那“爱”远不及牛星雨对她的“爱”。她知道自己配不上郑炜，在她心里，郑炜只是一个遥远的梦。

“也许只有瑞琪才配得上，也许他俩才是最最完美的一对！”阿妹这样想，于是她决定放弃。

一下课，女孩们都向瑞琪涌去。有的欣赏她的秀发，有的忍不住伸手去摸，有的甚至借来梳子，轮流帮瑞琪梳头，那感觉真是妙极了。每个人都乐呵呵的，瑞琪可美死了。

第二节课，张老师突然来了，正值换季，“爱美之心人皆有之”，张老师也轻装上阵，剪了小平头，穿了件蓝色T恤。他一进门便向每个角落“放电”，一个史无前例的，颇有男人魅力的微笑。雪倩的心醉了，其他的同学也是目瞪口呆：“哇，好酷噢！”

“老师，是不是有什么喜事啊，干吗笑得这么甜？”“流星雨”喊着。“对呀，老师，恋爱这么长时间了，进展顺不顺利啊？”雪倩很直接。“老师，什么时候请我们吃喜糖啊？”刘轩更直接了。

张老师忍不住笑出了声，这个可逃不出同学们的“火眼金睛”。大家边捶桌子边追根究底，简直像幼儿园里一群饿得快晕了的“小馋猫”。

“大家安静。”张老师作了个stop的手势。

同学们立刻安静下来，伸长了耳朵想听清楚。

“同学们，很感谢大家的关心，但现在我们还是先上课。”一句末了，同学们又闹翻了天，显出一派“不达目的誓不罢休”的势头。

张老师犹豫了一会儿，接着说：“如果你们期末考试能有所进步，超过隔壁文科班，我就邀请大家参加我的婚礼！”

真是“不鸣则已，一鸣惊人”，同学们一听，全都欢呼着跳起来：“哇！太好了，太好了！”教室里一片欢腾。

“老师，婚礼定在哪天？”雪倩问。

“这个先保密，但是范围可以告诉你们，今年高考之后，你们高三开学之前。”

“老师，新娘是不是上次到教室外面找你的那个？”有人问。

“嗯。”张老师幸福地点点头。

“老师……？”“老师……？”同学们依然毫无休

止地问着，教室里比婚礼现场还热闹。

“好了，好了，别闹了，同学们还是得以学习为重。明年的这个时候可就没现在这么轻松了。老师只是希望你们能好好学习，明年的这个时候看到你们像鸟儿一样飞出这个小镇，到大城市里去看一看外面的世界，干出一番自己的事业来，我就心满意足了。”

张老师说完，同学们才沉寂下来，回过工夫想想自己的未来。“是啊，老师都已成家立业了，我们有的还只是一个虚幻的梦，它需要我们用心血和汗水去实现。我们高兴，我们是在为老师高兴。而终将有一天，老师也会为我们高兴的。”

今天真是个大喜的日子，同学们的心情都好极了，无论多少烦恼都抛去九霄云外了。

今天的晚自习似乎格外地安静，同学们都在埋头苦读。没有人再大书夹小书，没有人再从桌面的窟窿偷窥抽屉里的“心爱读本”，没有人再悠闲地戴着耳机全情投入地像开演唱会，也没有人再抱着镜子摆弄自己的秀发……

也许是会考将至，也许是期末考试就要来临，但给同学们最大激情的，恐怕还是参加张老师的婚礼。

就像幽谷中的一声鸟鸣打破了宁静，教室里响起了“婚礼进行曲”。于是同学们又想起了那一令人向往的时刻，抬起头来回顾观望——原来是雪倩买的一只玩具小提琴的杰作。

这美妙的琴声给即将到来的婚礼增添了不少浪漫情趣，也给同学们带来了无穷的动力。

裙角飞扬

一大早，雪倩又在和“流星雨”打闹。“流星雨”东躲西藏，连个救星也没有。

这次事件的起因是：昨晚“流星雨”用绳子偷偷把雪倩的脚和桌子腿系在一起，哪知性急的雪倩一下课便往外飞跑，结果拖着桌子一起倒下，男孩们可出了气，笑得前仰后合的，“平时欺负人，今天终于遭报应了吧，活该！”最后还是迟走的阿妹把她扶起来。

雪倩发下“毒誓”：“一定要报仇！”

其实，“流星雨”也只不过是“有仇报仇，有恩报恩”。可雪倩却变本加厉，拳头使得更带劲了，“流星雨”痛在心里，却不敢还手，他总说：“男生在女生面前只能防守不能反抗。”雪倩就是抓住了他这一弱点，总爱在他身上试试自己的“功力”是否增长了些。

“看在你还是男子汉，那我就只打你最后一下算了。”雪倩说。

“真的吗？就一下，你轻一点！”“流星雨”转过背来让她打。

哪知，雪倩全心投入的一拳打下去，“流星雨”整个人瘫倒在地上，“流星雨”微小的希望就这样破碎了。

“你这人有暴力倾向，算我怕了你了。”

雪倩还觉得玩得不够过瘾，从瑞琪那儿要来了一颗图钉偷偷放在“流星雨”的凳子上，恰好刘轩转过脸来看见了。他吓了一跳，眼睛瞪得眼珠几乎要跳出来了。这玩得也太过火了吧？！”他忙把图钉夺过来，生怕一不小心又被“小魔女”抢去了。

吴萌忙拉住雪倩说：“别玩了，看你把他们吓得，你要是再这样，恐怕真的嫁不出去了。”

吴萌还没说完，雪倩便抢着说：“我是‘单身贵族’，我要一辈子唱《单身情歌》。”

“你瞧，郑炜和瑞琪多甜蜜，以后多向瑞琪学习，温柔些、淑女些，这样你就不用唱《单身情歌》了。Do you understand？”吴萌说着，好像她是个过来人似的。

“可能吗？”雪倩问。

“of course！”吴萌到底是“英语高手”，说英语都是一套一套的。

“那好吧，我试试看，淑女一些。”雪倩若有所思。

雪倩下了很大决心，用了一个多月的减肥皂，喝了一个多月的减肥茶，做了一个多月的减肥操，减肥效果显著。这下，她可以“有的放矢了。”

中午，同学们都到齐了，只有雪倩又迟到了，还好钟老师没来，可吴萌却急坏了，“不会出什么意外吧？！唉，这全怪我，要是真有个三长两短，我可怎么办？”

就在这时，门边闪现一缕银白色的光芒，亮亮的，很刺眼。“白雪公主驾到！”只听有人喊。

于是，同学们的目光全投向站在门口的女孩身上。“这是谁呀？好漂亮……”同学们七嘴八舌，议论纷纷。

原来是雪倩穿了今年最流行的白色绣花长裙，头上夹了两个银色钻石发夹，映衬着雪白的皮肤、又黑又大的眼睛、高挑的身材，简直像仙女下凡。

等同学们都议论完毕，雪倩这才慢条斯理地迈着小碎步，边微笑着，边用手轻柔地提着长裙进来了。大家这才看出是刁蛮任性的雪倩，整个教室顿时掌声如雷。

“怎么，‘小魔女’，准备‘改邪归正’了？”刘轩转过身来问。

雪倩笑不露齿，没有“小题大作”。

坐在雪倩后面的“流星雨”，眼睛瞪得像猫头鹰似的，眨也不眨一下：“如果你每天都像这样，我也会心动的！”

“Thank you！”雪倩一改大吼大叫的嗓门，回过脸来温柔地说，那声音小得简直让人听不清。

“雪倩，真是好样的。”吴萌在后面乐得眼睛眯成一条缝。

雪倩没有作声，只是传给吴萌一张小纸条——“世界上没有不漂亮的女人，只有不会打扮的女人。”吴萌似有体会地笑了。

下课了，“流星雨”迫不及待地和阿妹调了座位。他说：“‘近水楼台先得月’，我得捷足先登。”殊不知这只是“瞎子点灯——白费蜡”。

吴萌、瑞琪、阿妹看着他俩拘谨地坐着，一来想要捉弄他俩一番，二来也好试试雪倩是否真的“淑女”了。

于是，阿妹整个身子便故意往雪倩身上倒去，瑞琪、吴萌一个接一个倒……

“你们干吗呀？”雪倩刚说完，觉得不对劲，忙捂住嘴巴。然而，这一捂，身体却失去了支撑，于是整个人向“流星雨”身上倒去。

雪倩忙缩回手去支撑，然而已经来不及了，她的右手不偏不斜正好落在“流星雨”的大腿上。

“怎么，你想占我便宜啊？”“流星雨”语出惊人，把同学们都逗乐了，吴萌她们这才住手。

雪倩忙缩回手来，满脸通红，一声不吭。她本想“火山爆发”的，却还是尽力忍住了。

看着她低着头羞涩的样子，“流星雨”笑了。

第四节下课了，雪倩提着长裙飘飞在整个校园，于是校园里又多了一道亮丽的风景线。只要雪倩一出现在教学楼下，走廊上便站满了围观的人（当然，大部分都是男孩）。

雪倩尝了一下明星的滋味，乐得连蹦带跳，但一看到这身装扮，她又想起来自己的口号——“淑女一天”。

今天，雪倩也不吃西瓜了。就连阿妹给她苹果，她也不要，口里还念念有词：“淑女一天，淑女一天！”

真是难为她了，那么多想吃的东西都没吃。晚自习，她真的饿坏了，到处找同学讨东西吃。

阿妹说：“你不是要‘淑女一天’吗，怎么，忍不住了？”

“是啊，真是憋死我了。‘淑女一天’到此结束，你快把苹果拿来吧！”

雪倩抢过苹果，便大啃特啃。

她又向瑞琪要了几个桃子，从吴萌手里接过了几个李子。

最后一个晚自习，雪倩一个人在桌子底下大咬特咬。“流星雨”在后面看了，有些失望。“狐狸尾巴终究是要露出来的，她终究还是恢复了‘原形’……”

“流星雨”一声叹息。

自习临近结束，雪倩打了一个惊人的“嗝”，同学们笑了，她也捂住嘴巴，不好意思地笑了，“I'm sorry！吃多了！吃多了！”

给我一片天

2000年6月23日，今天是黎斌十八岁生日，是他成年的日子。

会考刚过，他又可以趁这个机会好好轻松一下了。

晚上，黎母还没回来，他便摆好了碗筷，还把一个插了十八根彩色蜡烛的双层奶油蛋糕放在西餐桌的正中央，坐在旁边幸福地发着呆，等着妈妈归来。

“叮当！”铃响了，黎斌像一只快乐的小兔子连蹦带跳地跑到门前，迎接妈妈的归来。

门开了，黎母抱着一大盒礼物微笑着说：“斌斌，祝你生日快乐！”黎斌高兴地接过礼物。

“Happy birthday to you！”站在黎母旁边的一个陌生男子开口了，边说边递过来一个包装精美的盒子，好像是微型电脑。

这个中年男子比黎父年轻潇洒，大约一米七五的个儿，西装革履，看起来颇有风度。

“他是谁呀？怎么知道我的生日？”黎斌若有所思。

“斌斌，你还愣着干吗？赶紧谢谢叔叔啊！”黎母打断了黎斌的思绪。

进了屋，黎母便向黎斌介绍：“这位叔叔姓冯，你就叫他冯叔叔，他可是我们公司的中流砥柱，说不定以后还可以帮上你什么忙呢。”

听了黎母的话，黎斌只好不情愿地叫声“冯叔叔好！”

黎斌原本准备了两把椅子、两套餐具，可现在还得再去拿一套，他放好了椅子，很不情愿地进了厨房。

在厨房里，他偷窥到母亲帮冯叔叔脱西装，那动作熟练极了，他们的表情更显出两人的亲密。

黎斌气得把门狠狠踢了一脚。

黎母听见了声音，忙跑过来，关切地问：“儿子，怎么了，有没有伤着？”那男人也跟了过来。

黎斌没说话，抱着碗筷径直走向餐厅，黎母望着那男人不好意思地笑笑，也双双来到西餐桌旁。

黎斌紧皱着眉头，一个人闷闷不乐地点着生日蜡烛，心想：“讨厌，本来设计好的一顿温馨的母子宴给泡汤了。现在，我仿佛成了第三者了。”

“斌斌，妈妈想和你说件事。”黎母突然说。

黎斌顿了一下，抬起了头，静静地等待着妈妈的宣告。

“以后，冯叔叔和我们就是一家人了，妈妈不需要你叫他爸爸，只希望你能够认可。”

话音刚落，黎斌手里燃着的蜡烛顿时掉在了地上，他不敢相信自己的耳朵，更不敢相信母亲居然做出这样的决定。

黎斌强忍住泪水，向门外冲去。

“男儿有泪不轻弹”，然而到了外面，黎斌还是忍不住擦了擦眼角的泪水，他无法接受这突如其来的事实，无法接受这个突然冒出来的“漂亮爸爸”。

黎斌漫无目的地走着，脑中浮现的全是爸爸和“漂亮爸爸”的“对比照片”——“他们的反差太大了，简直令人难以置信！”

走着走着，一个明亮的电话亭突然映入黎斌的眼帘。黎斌的眼睛亮了，他的脑中闪过一个念头——打电话。

“如果打给爸爸，我能说些什么呢？万一说漏了嘴，会让爸爸难受的，那我打给谁呢？”

黎斌想了想，跑进电话亭，迅速拨下瑞琪的电话。

“喂，我是瑞琪，你找谁？”瑞琪在那边说。

黎斌心情好了一点，也许只有听到瑞琪的声音才会让他忘掉一切烦恼，高兴起来。

“你好，瑞琪，我是黎斌。”

“黎斌，这么晚，怎么想起给我打电话了？”

“难道你忘了今天是什么日子吗？”

“今天？……今天没什么特别的呀！”

“是我的生日，哈哈。”

“啊？真的吗，对不起，对不起，都是我不好。这几天太忙了，什么都记不起来了。”

“没关系的，给你开个玩笑。”

“那就让我用最大的嗓门给你补一个吧——Happy birthday！祝你生日快乐！”瑞琪深深地吸了一口气然后喊道。

“Thank you！”

也许是心有灵犀吧！瑞琪总和黎斌出奇地默契，像有“心电感应”似的，瑞琪感觉黎斌打电话来，绝不只是为了说这点事儿。

“黎斌，是不是你妈又对你不好了，你别藏在心里，有话就说吧。我们俩谁跟谁呀！”

听着瑞琪真诚而又俏皮的话语，黎斌笑了笑，思索了一阵。

“瑞琪，我妈她……有男朋友了！”黎斌不知怎样表达好。

“什么？这怎么可能呢？”

“是真的，人已经带回来了，还说以后就是一家人了。这不明摆着我妈和他有不寻常的关系吗？”

“那你爸怎么办呢？”

“我最担心的也是这个，我本以为他们只是赌赌气，等彼此都心平气和了再到一起的，哪知事情却发展到这种地步。看来，我们家不再是个完整的家了，我该怎么办呢？一个家不想回，另一个家不能回。”

“黎斌，别这么想，要不，你再找你爸谈谈，看他有什么意见，毕竟他还是你最亲的人啊！”

瑞琪挂断了电话，黎斌又拨了黎父的电话号码。

自从黎斌母子俩走后，黎父便找了一份扫公路的工作，他每天起早贪黑，工作十分辛苦。这时，他已经进入酣梦了。

听到电话铃响，黎父睁开蒙眬的双眼，忙爬起来接电话。

“喂，你找谁？”

听到父亲亲切而又渐变嘶哑的声音，黎斌有些心酸了，眼泪又一次在他的眼眶里打转。

“爸，是我呀！”

“斌斌，是你吗？我不是在做梦吧？”

“爸，你没做梦，真的是我——黎斌。”

“儿子，你还好吗？爸爸我每天都想着你，今天终于盼到了！”

“爸，你好吗？我也很想你！”

“对了，斌，今天是你十八岁的生日，过得还快乐吧？”

“快乐！”黎斌犹豫了一阵，还是没说出口。

“这就好。”

“爸，你一个人过不孤单吗？”

“孤单？爸爸一点儿也不觉得孤单，就是想你。”

“可是妈妈……妈妈觉得孤单！”

“你妈怎么呢？”

“她有新家了。”

“新家？！那个男人好吗？”

“他比你年轻、潇洒、有男人味……”

“希望她这次不要看走眼了！”

“爸，你怎么这么说，难道你一点儿也不生气吗？”

“生气？爸怎么可能生气？是爸配不上你妈，都是爸误了你妈美好的青春。你妈是一个好女人，你千万不要怪她，一个男人孤单的生活没什么，而一个女人就不一样，她需要男人的保护，需要一个有能力的男人的支持，你懂吗？”

“那你呢？”

“我？我不求什么，只要你还记得爸，有空来看看爸，爸就心满意足了。”

电话那边，黎斌已经开始抽泣。

“爸，那你保重，我有空就会来看你的！”

黎斌一个人走在回家的路上，想了许多许多，他决定试着去体谅母亲，和“漂亮爸爸”一起好好过日子。

黎斌一跑出门，黎母和冯叔叔便开着小车跑遍了附近的街道找他，最后却在楼下的林荫道上和他碰面了。

“妈，都是我不好，只顾自己的感受，却没能体谅你，请你原谅我，好吗？”黎斌懂事地说。

“斌，你真的不怪妈妈吗？”黎母的泪水在滴落的边界线上。

“嗯。”黎斌点点头。

“谢谢你！”黎母把黎斌紧紧搂在怀里，泪水决堤地涌出，冯叔叔站在一旁，眼睛也湿润了。

这时，黎斌脱开母亲的手臂，径直走到冯叔叔面前。

“冯叔叔，我把妈妈就托付给你了，希望你能够好好待她，让她幸福！”

“你放心吧，我一定会的！你真是懂事！”冯叔叔拍了拍黎斌的肩膀。

今晚，他们度过了一段温馨而又浪漫的时光。“一家三口”一起唱生日歌，一起吹蜡烛，一起幸福地欢笑。

盛夏的果实

期末考试终于结束了，瑞琪终于可以松一口气了。

此前为了这次考试，妈妈每天起得特早，给瑞琪煎荷包蛋吃，爸爸也暂时放下工作，每晚听瑞琪背政史地。他们三人分工合作，达到了“幸福家庭”最完美的境界，相信功夫不负有心人，瑞琪一定会考好的。

其他同学也在努力拼搏，放弃了“追星”“减肥”、看小说……一个劲儿地埋头苦读，这种浓厚的学习氛围是史无前例的，简直可以和高三即将高考的哥哥姐姐们媲美。相信通过大家的努力，一定可以超越隔壁的文科班，从而“有资格”参加张老师的婚礼。

今天，黎斌给瑞琪来了电话，说他已经放假了，并且，他也有了一个幸福的新家，新爸爸对他和他妈妈都很好。他现在过得很快乐，这样，瑞琪也就放心了。

瑞琪还把张老师要结婚的消息告诉了他，希望他也能够来参加，他很高兴地答应了，说过两天就回来。

马上就要高考了，尽管不是瑞琪考，但瑞琪的心似乎跳得比哥哥姐姐们更厉害，本想去体验一下高考的氛围，看看在考场外焦急等待的家长们，可现在似乎没这个胆量了。

时间太过匆匆，一晃十七年过去了，“黑色高三”也将属于瑞琪，也许那时候再也没有功夫顾及所谓爱情，以及友情、师生情、母子情，而是暂时变成一个读书机器人。

也许“花季”真的就会一去不复返了。因为，当她走出高考考场，她就是个大人了，再也享受不了那朦胧、纯真的情感了。不知道，缘分会不会让她和他再次相遇。

到底是重点中学，成绩单今天就出来了，瑞琪居然考了全班第六名，这里的大部分功劳是属于爸爸和妈妈的。罗素有一句名言说得好，“高尚的生活是受爱的激励并由知识引导的生活。”瑞琪觉得父母的爱给了她很大的鼓舞，她要好好感谢他们。

这次考试瑞琪班考出了史无前例的好成绩，把邻班远远甩在后面。郑炜依然坐上了第一名的宝座，阿妹第二，吴萌第三。瑞琪想，这些成绩的取得大部分和她一样，都是因为各种“爱”的激励吧。

张老师让郑炜传达了他的婚期——2000年8月1日，瑞琪早料想到会有这么一天，因为她的预感是最灵的。

张老师还说，可以带舞伴去，地点就在郑炜父母开的“炜炜酒楼”里，这下“炜炜酒楼”可以好好热闹热闹了。

高考如期而至，瑞琪的心里却烦躁不安。

这几天晚上总听见隔壁屋里“垒长城”的声音，前面舞厅唱卡拉OK的声音，震耳欲聋，简直无法入睡；对面楼上又传来夫妻吵架声、小儿啼哭声，不亦乐乎！似乎他们一放假，其他人也跟着放假了似的。

这不由得让瑞琪想起了今天高考的哥哥姐姐们，希望他们不要受这些因素的影响，好好睡个觉，到时好好发挥，考出应有的水平。

为他们操完了心，瑞琪还得为自己想想。她是最怕吵嚷的，这样一定休息不好，为了明年的高考，瑞琪得让爸爸给安个隔音玻璃窗才行。

休息了几天，精神也恢复得差不多了，瑞琪又得开始工作了。

租了《黑客帝国》《木乃伊》《碟中谍》等最新最

棒的影片，瑞琪满载而归。

在回家的路上，瑞琪看到了一对捡垃圾的老夫妻。他们满脸是深深的皱纹，似乎历经了人世沧桑，她想他们也应有自己的儿女，可为什么要在这又脏又臭的地方“工作”呢？也许是狠心的儿女不肯赡养他们，也许是好心的他们为了减轻孩子的负担，归结到一点，他们是可怜而又可爱的。

于是，瑞琪想起了奶奶。奶奶也是一大把年纪，正在经历生命最后的历程。也许她比他们幸运，生了几个有出息的儿女，可以依靠他们安度晚年。不用像他们一样，操劳一生，说不定最后将永远地躺在他们曾经“工作”过的地方。

瑞琪还想起了她的父母。他们辛辛苦苦地把她养大，而她一有不满意便向他们发泄，也许是她长大了，也许是中学生与父母固有的隔阂——她不知道为什么她也会变成这个样子。

人与人之间没有完全不可调和的矛盾，一场纠纷的发生也分不清谁是谁非，瑞琪相信人与人之间是可以沟通的，只要大家愿意用嘴巴、用语言去交流，也许仅仅是一个微笑、一个眼神，就能起到重要的作用。

暑假过后就高三了，瑞琪想她不能再像个小孩子似的撒娇、赌气了。她宁愿花一些时间和父母聊聊天、谈谈心，也不要为了节省时间学习而大动干戈——那势必影响情绪，更影响学习效率。

一方面，她得圆自己的“导演梦”；另一方面，她也会为了父母努力多赚些钱，让他们安度晚年——他们把青春献给了她，她想她只能这样来回报他们了，然而这些都远远不够。

今天刚吃过午饭，黎斌来了。他说他昨天刚从武汉回来，要和他爸在一起生活一个暑假。这样，大家又可以经常愉快地玩耍了。

下午，瑞琪便把他领到郑炜家玩。哪知他俩一起研究电脑，害得她只好一个人坐客厅看电影。不过，她也蛮喜欢这样的。

就在这时候，突然传来一阵急促的敲门声，她吓得赶紧往屋里躲。郑炜开门一看，原来是雪倩——敲那么大声，还以为是强盗来了。

雪倩跳进来，猛地发现了黎斌，眼睛又瞪得偌大，“嗨，哥们儿，你怎么来啦？”

黎斌一看到雪倩就想笑。半年没见了，他的笑容成熟多了，但还是那么可爱，“你什么时候能淑女点儿就好了。”

“讨厌！”

于是，黎斌和雪倩便在客厅里聊天，瑞琪又可以和郑炜一起玩电脑了。

大约过了半个钟头，雪倩突然提议："走，我请你们吃冰淇淋去，我们几个好好玩一回！"

于是，大家一人拿了个冰淇淋便向公园走去。

首先，他们一起坐了碰碰车。四个人撞来撞去、男女对垒，可带劲了。

接着，又坐了过山车。瑞琪是第一次坐这个，平时在电视上看到觉得吓人极了。今天，有两位男士陪着，

她只好硬着头皮上了。开始车开得很慢，她还在一个劲儿乐，觉着没什么。哪知，车突然加速，她防不胜防，拼命尖叫，男生们被她的尖叫吓了一跳。下车以后，瑞琪觉得刺激极了，简直还想坐。

心情还未完全平复，他们又发现了“聊斋宫”，硬要拉瑞琪进去，里面都是妖魔鬼怪，所以瑞琪一直推辞想要逃跑。然而一比三，最终瑞琪以弱势被他们拖了进去。

今天，瑞琪过得很刺激，只希望晚上不要做恶梦就好了。

第十一章

比我幸福

今天是张老师大喜的日子。又是21世纪的第一个建军节，似乎街道上比往日更拥挤，更热闹，到处张灯结彩，鞭炮齐鸣。

张老师西装革履，一头站发梳得格外齐、格外亮，简直可以和刘德华相媲美，听说新娘子是学校高三年级的英语老师，长得特标致，乍一看还有点儿像关之琳，他俩真是绝配了。

今天去迎娶新娘的共有二十辆不同颜色的小轿车，一路驶来，真是宏伟壮观，气派极了。张老师就坐在第一辆红色轿车里，手里捧着一束美丽的鲜花。这束花由十九朵红色玫瑰、两朵白色百合、绿色仙人草以及白色满天星经过精心设计组合而成，精美极了。

浩浩荡荡的队伍在街上游行了一个多钟头，才到了新娘的家。新娘穿着白色的婚纱，盘起的头发上插着三朵红玫瑰，映衬着粉白的脸颊，很迷人。张老师看着，眼睛都发直了：“How beautiful you are！”

“Thank you very much！”新娘甜甜地笑着回应。

新娘姓文，是学校出色的英语教师，张老师的英语也很棒。他们如此默契、如此甜蜜，真令人羡慕。

一阵傻笑过后，张老师看到了自己手中的鲜花，忙把它送给文老师，文老师笑得更甜了。

张老师牵着美丽的新娘在一阵阵掌声、笑声、鞭炮声、欢呼声中上了轿车。车队调头而行，开始了漫漫长路的甜蜜旅行。围观的人越来越多。

婚宴目的地设在“炜炜酒楼”。为了迎接这次盛大的婚宴，郑炜的父母把酒楼装饰一新，还在顶层（第三层）建了豪华舞厅。他们的生意做得一天比一天好，一天比一天兴旺。

张老师是一个颇具创新意识、开放又大胆的老师，他不但请了许多亲友，还把学校的许多老师和同学请来了。还好“炜炜酒楼”够大，一楼是亲友专座，二楼是师生专座。尽管平时在学校里，同学们和各位老师会有一定的距离，但今天大家似乎都抛开了自己的身份，像朋友似的坐在一起兴致勃勃地说天侃地。

终于，婚车抵达了目的地，酒楼里所有的客人都出来迎接——恐怕酒楼开张至今还没有这么热闹过。于是，鞭炮声响起，美妙的音乐奏起，欢迎帅气的新郎和美丽的新娘。

“张老师，张老师，那群活泼的孩子们又开始吵嚷了。”

“张老师今天可真帅啊！”雪倩情不自禁地说。

“你别做梦了，从今天开始张老师就不属于我们了。”“流星雨”在一旁说。

“讨厌，谁要你插嘴？！”雪倩翘起嘴巴。

“张老师真厉害，娶到了一位如此漂亮的新娘，而且新娘还比自己高一级，教高三的。”郑炜边踮着脚看着，边微笑着说。

“难道你也想要这样的新娘吗？”瑞琪故意捉弄他。

“有一点。”郑炜也开玩笑地说。

……

围观的人议论纷纷，一直目送新郎新娘进了酒楼。

上午很快就过去了，终于到了吃午饭的时间。这段时间，新郎新娘会到各个餐桌敬酒，同学们又有机会看到老师和新娘了。

大家本来准备边吃边等，哪知菜一上来，纷纷动筷。孩子到底是孩子，天真烂漫，无所顾忌。于是，他们理所当然成了婚宴的亮点，就连在一旁吃饭的老师们也看得直乐。毕竟今天不是在学校，同学们可以尽情放松，老师也不必多管闲事了。

不知不觉，张老师和新娘来了，然而桌上的饭菜、啤酒、饮料全都空了。同学们一个个都吃撑了，但依然谁也不肯让谁。张老师又拿来了饮料，给他们一个个倒满——

“张老师，你真帅！”“文老师，你好漂亮！”“老师，你们俩真般配！”……同学们目不转睛地盯着他们，七嘴八舌地说。

文老师不好意思地笑了，张老师也快乐地笑着：“你们这些小滑头！”

这时，郑炜端着杯子站了起来：“张老师、文老师，我代表同学们祝你们新婚快乐，永远幸福！”

“谢谢，谢谢！”张老师、文老师不约而同地说，一起端起酒杯一饮而尽。

这时，同学们都端着杯子站了起来：“老师，祝你们永远幸福！”同学们一饮而尽，张老师和文老师又喝了一杯。

“同学们，一定要好好学习，飞出这个小地方，外面的世界可大着呢！我祝愿你们比我更幸福！”

“谢谢！”同学们似深有感触。

这时，不知是谁点了《比我幸福》这首歌，美妙的乐曲荡漾在整座酒楼，温馨而又浪漫。

吃过午饭，同学们便三五成群地到街上溜哒去了，因为晚上八点要在三楼举行一个盛大的舞会，大家都想去挑些漂亮的衣服，把自己装扮一下。

女孩们在瑞琪家集合化妆，男孩们则采取“就近原则”，在附近郑炜家打扮。

八点钟，舞会正式开始，首先由新郎新娘献舞。在美妙钢琴曲的伴奏下，新娘的白纱随风飘舞，成了观众们目光的焦点，他们默契的神情、动作真是给人视觉享受。

“他们跳得真棒啊，我都不敢上场了。”刘轩练了一个暑假的交谊舞，就是为了能请到吴萌，可现在他有些信心不足了。

“完了，完了，等一会儿就要进行‘丢人表演赛’了，我该怎么办呢？”

阿妹没有条件学这个，整个暑假她仅买了一本书自己在家研究着，由于没有正规的训练，阿妹生怕等会儿弄得手忙脚乱，令彼此尴尬。

“阿妹，别怕，有哥给你加油，待会儿镇静点儿就行了。”阿强为了陪阿妹参加这个婚礼，特地请了假回来。今天，他也穿得很隆重，显得越发帅气了。然而，他不会跳舞，只好坐在观众席上看着大家跳。

一曲终了，终于轮到客人们上场了。

郑炜今天格外亮眼，一件别致的白色衬衣配上一条黑色休闲裤，他真把自己当作“白马王子”打扮了。

瑞琪则是一身白色长裙，一双白色皮鞋，而且，她还特地把长发披下来，在两边编了几根麻花辫，在头上系了一个白色蝴蝶结，看起来可爱极了。

黎斌穿了一件深蓝色T恤，一条灰白色休闲裤，显得很稳重。

雪倩穿了一件白色T恤，配着一条蓝色牛仔背带裙，更显出她的身材。

“流星雨”小小年纪，今天却穿得特成熟，就像他刚来到这儿一样——穿了一身黑。黑色T恤配上黑色牛仔裤，再加一双黑色休闲鞋，今天他是想好好过一回“黑马王子”的瘾了。

吴萌一直在设计着这次舞会的出场礼服，经过一段时间的思索之后，她穿着一条天蓝色长裙，一双六七公分高的“蛋糕鞋”出场了。一向成熟的她今天也把头发梳得很高，看起来既文雅又活泼。而且，她还把脸擦得很白，看起来漂亮多了，以至连刘轩都差点儿认不出来了。

刘轩则穿了一件红色T恤，加一条蓝色牛仔裤，再配上一双运动鞋，成了一个典型的运动型男孩。

阿妹没有什么漂亮的衣服，于是雪倩把她的那条黄色碎花裙借给了她。瑞琪则给她梳了今年最流行的两个垂肩小辫儿，系上两条黄色丝带，变成了一个“阳光女孩”，从没见她这么漂亮过。

舞曲一开始，郑炜便邀了瑞琪，“流星雨”邀了雪倩一起跳。黎斌一直在等瑞琪，所以没有邀请任何人；阿妹则和哥哥阿强坐在一边，心里紧张得要命，等了半天见无人来请便也放下心来；刘轩本想去邀吴萌的，他心跳加速，全身直发抖，由于怕在吴萌面前丢脸，所以迟迟不敢去。

在黎斌的一番开导鼓励下，刘轩鼓足勇气向吴萌走去。

“吴萌……可以跟我……跳支舞吗？”

吴萌看着刘轩傻愣愣的表情，忍不住笑了——

“当然可以……”

“真的吗？那太好了。”刘轩乐得几乎要蹦起来。

“可是……”

“啊？！可是什么？”刘轩的声调又低了下来。

“可是这一曲马上就要结束了。”

“是吗？”刘轩刚回过神来听，曲子便停了。他不好意思地笑了笑，脸变得和衣服一样红。

第二曲开始，又多了一对，这时，和郑炜跳得正欢的瑞琪突然发现了坐在一旁傻傻看着她的黎斌。她的心顿时凹了进去，觉得很难为情。她和郑炜商量了一下，决定下一支曲子她和黎斌跳，郑炜则去请阿妹一起跳。

第二曲终了，阿妹猛地发现郑炜正向她走来，她的心几乎跳到嗓子眼上，她小声对阿强说：“哥，我好怕，我该怎么办啊？万一……”还不等阿妹说完，郑炜已经站到她的面前。

“阿妹，我们跳个舞吧！”

“可是，可是我跳不好。”

“没关系的，我教你。”

于是，阿妹不好意思地伸出手，和郑炜一起跳。她觉得自己像是在做梦，仿佛置身于“灰姑娘”的浪漫童话里；她觉得自己快乐极了，幸福极了；她多么希望这一刻能永远地延续下去……

同一时间，黎斌也终于如愿以偿。他和瑞琪跳着、笑着，回忆着一年来的风风雨雨、苦辣酸甜。

“我永远都不会忘记在去年的运动会上，你为了带我跑而一下子跑了那么长的路程，结果我轻松地取得了名次，而你不但没取得名次，还累得脸色苍白，差点儿晕倒，我真觉得对不起你！”

“这没什么，这是应该做的。”

“你这是在哪儿学来的？怎么以前从没听你说过？”

“这个嘛……是刚从我爸那儿学来的。”黎斌不好意思地笑笑。

“那你和你爸都是好样的。”瑞琪赞赏地笑着。

这时，刘轩也正和吴萌跳着，也许是太过紧张，刘轩的手心居然出汗了，他不好意思地缩回手，放在背上使劲搓了搓，又接着和吴萌跳。吴萌开怀地笑着：“你这人真逗！”刘轩也傻傻地笑了。

而“流星雨”和雪倩表现默契，没出现什么差错，而且特来劲，看来他俩很有舞蹈天分。

——今晚，每个人都那么美，那么快乐，就像置身于“阳光城堡”之中。明天他们会飞出曾给予他们幸

福、快乐的“阳光城堡”，相信明天的阳光城堡里会更温馨，更精彩！

后记

重新阅读完20多年前写的校园青春小说，我仿佛又回到了当时的校园，那些画面，那些老师和同学，大家能猜到里面哪位主人公是我的原型吗？

为了不想让大家那么明显地猜出来我是谁，但是又想真实地记录我当时的一些情绪、故事和想法，我把自己分裂为两个人，大家可以去猜一猜是哪两位。

男主角是我暗恋的对象，但是在小说里我呈现了他暗恋我，我知道现实中他并不喜欢我，就让我在自己的小说中做一次女主角，让我喜欢的人都爱上我吧！

现实生活中我单亲没有爸爸，在小说里我有爸爸妈妈，有完整的家，现实中冷落我、排挤我的那个非常漂亮优秀的女同学，在小说里是我的好朋友，我让现实中无法实现的事情在小说里通过一个完美的女主角一一呈现，包括有两个优秀的男孩喜欢我追求我，真是太奢侈了！故事的结尾我还让作为“黑天鹅”的我，实现了一个跟男神跳舞的机会，实现了自己的小小心愿。

仔细阅读了一遍我的小说，太佩服当年的自己了，这么多人物关系，错综复杂，我还编得这么有逻辑，人物性格鲜明、生动突出。当年我曾借这本小说给几位老师和家长看，他们都在我面前落泪了，说特别感动！可惜这几位看过书稿被我感动过的人现在已经去世了。

我还有一个梦想，就是以后可以把这本小说拍成电视剧或者电影，做成影像资料保存下来。里面有很多浪漫美好动人的情节和画面，有很多感人的场景，还有我一颗虽然抑郁到极点，却还残留一丝仁爱的心在里面。

为什么要设计这些人物角色呢？其实每一个人都是有当年的原型，有我们的班主任、英语老师、语文老师、政治老师……这些老师有些是欣赏我的，有些是我害怕碰到的，只要跟我有一丝情感关联的我都设计在小说里；还有那些同学，有些是我暗恋的，有些是我向往成为的，有些是我嫉妒的或不那么喜欢的，也是跟我有一些情感关联的。但他们又代表着当时学校里的一些典型个性、家庭个性原型，比如：有单亲的，有农村的，有家庭条件很好的，有父亲很清贫的，有父母经常吵架的……这些现象是我观察到我们班同学的一些情况。

当时我的同桌是年级第一名，老师们特别喜欢她，她特别聪明，知识一学就会，老师们把她当做重点目标来培养，给了她无尽的希望和压力，后来她抑郁了，休学了半年。后来我去她家里看望她，她说一看到悲伤的电影就很伤心。吃抗抑郁药吃了几年，越来越胖，神志越来越不清醒。偶尔跟我说，让我叫她“天使”“angle”，偶尔跟我说晚上7点半楼顶有流星雨叫我去看。

我在初中时也经常是年级前几名。班级第一名的学霸，众星捧月，我觉得自己还可以，到了高中基本上每个月都会考试，而且会排名次。我第一次看到排名表，找了半天才找到我的名字，第一次是23名，后来40多名，50多名，到70多名，全班87人。数理化我发现真的很深奥，真的听不懂，硬着头皮听老师讲天书，特别痛苦。其实我内心里是喜欢文艺的，我想上一个可以学唱歌、跳舞、弹钢琴、弹吉他的艺术学校，做自己喜欢的事多开心！一个好动开朗的我，每天压抑着内心对艺术的追求和热爱，像机器人一样坐在这里刷题，真的是对自己天性的压制和折磨。但是老师和家长们说这是独木桥，只有这一条路才有机会到达人生光辉的彼岸，我已经病入膏肓，我依然煎熬着在这条独木桥上艰难前行。一个本来健康快乐的孩子就是这样被老师和家长们压抑了天性，每天用自己的短板去跟人比较，最后越来越自卑，越来越愧疚，越来越自责，以至于坚持不下去。

后来我跟随李新异、周瑾文老师学习古典文化，才知道我的天性是什么、我的优缺点是什么、我的使命是什么。很多人活了一辈子，也不了解自己，不了解自己的孩子和家人，对家人造成了莫大的伤害。把所学运用到实际生活当中，让每个人了解自己，了解自己的家人，也许就知道该如何跟另一半相处，如何跟孩子相处，如何跟父母相处。如果我早一点懂我妈，我妈也懂我，就不会发生这么多年的恩怨情仇。

因为我是单亲家庭，父亲缺位，母亲将我像宠物一样养大，其实到我20多岁遇到我先生，他都说我不懂为人处世。说实话这四个字对于我来说很抽象，什么叫“为人”？什么叫“处世”？什么是“人”？我真的搞不清楚，我就是一个学习的机器人，考试的机器人，每天都在忙着做题。曾经，每天围绕着我的就是做不完的卷子、背不完的书，睡觉吃饭都没有时间，我有活在这个世界上吗？这个世界真的是一个无聊的世界。

直到跟王西胜老师学习国学经典，我才渐渐明白什么叫“为人处世”，所以那些误入歧途的孩子们，他们大部分都是因为没有父母的管教，有些是孤儿，有些是单亲家庭，母亲或者父亲没有文化；有些是留守儿童，跟着爷爷奶奶长大，老人家可能跟我母亲一样，只是给他们吃饱穿暖就不错了，没有人跟孩子们有精神上的交流沟通，万一孩子在学校遭到霸凌欺负，情绪没有办法及时疏导，会导致后面的抑郁乃至更加严重的后果。

希望有缘看到这本小说的你，不管您是一个抑郁的孩子，还是抑郁孩子的家长，请不用焦虑不用紧张，抑郁没有那么可怕，相信自己一定可以走出黑暗和痛苦，重新活出绽放阳光的人生，就像现在的我一样——涅槃重生！

2024年4月